目錄

NieR:Automata 短話

普羅米修斯之火 橫尾太郎——003
寄葉——Ver.1.05 映島巡——029
記憶之檻 映島巡——151
衛星軌道基地地堡觀察日記 映島巡——179
小小的花 橫尾太郎——197
過於平靜的海洋 映島巡——211
記憶之棘 映島巡——239
艾米爾的追憶 映島巡——265

普羅米修斯之火

普羅米修斯之火

NieR:Automata 短話

橫尾太郎

首次刊載：「DRAG-ON DRAGOON 3 十週年紀念BOX」同捆
商品《DRAG-ON DRAGOON WORLD INSIDE》
二〇二三年十二月十九日

思緒　點起　小小的火焰。

確認程序啟動。無法連接攝影機。向運動機能部位發送訊息……無法發送。記憶區塊受損。顯示出我處於除了思考機能以外，一切都遭到破壞的狀態。

確認紀錄↓來自自我修復用機械的通訊紀錄。取得在機體上反覆試圖自我修復，並且失敗的情報。自我修復一詞聽起來很厲害，但他們只不過是把所有能試的方法都試過一遍、宛如螞蟻的小型機器人。在那些螞蟻的手下，我幸運地（或者該說不幸地）重新啟動。在右手試一下那個方法，在左手試一下那個方法，在頭部試一下那個方法，在腳部試一下那個方法，在身體試一下那個方法，再在右手試一下那個方法……只會在全身上下爬行，尋找似乎修得好的部位，強制將其修復的低效能機器人。看這情況，不曉得得等到什麼時候才能修好。

「修復　視覺　機能。」

我對動作雜亂無章的螞蟻們下達命令。比起採取預設的自由又無秩序的行動，系統性的修復行為較能節省時間。然而，螞蟻們沒有聽從命令。用來傳達命令的輸出系統似乎尚未修復。

我嘆了口氣。

好吧……算了。時間要多少有多少。

我從殘缺不堪的記憶區中，找到自己的ＩＤ。

「Ｐ３３」，這好像就是我的型號。

旁邊刻著一行神祕的文字。

「小Ｐ。」

這是識別用ＩＤ嗎？

搞不懂。

我決定看著這行文字度過時間，直到機能恢復。

＊

1032小時12分34秒後，與螞蟻們的通訊IO恢復。

手腳終於能活動的我，著手執行既定的自我修復程序。根據正確的修復步驟，必須先修復記憶區。但我的記憶幾乎全數消失了，只能從燒掉的記憶體中救回極少數過去的資料。我無可奈何，決定進入下一個步驟，修復攝影機。

48分21秒後。

映入修復完畢的視覺區的，是深淵。

下方透出細微的光。我意識到自己的身體緊貼著天花板。

21秒後。

我觀察了動來動去的螞蟻們的行動發現頂端存在疑似重力的現象將包含螞蟻在內的我的身體固定在天花板我冷靜地分析這個狀況看來我的身體並不是貼在天花板只是因為我倒在地面身上的攝影機上下顛倒而已。

簡單地說就是，我好像翻過來了。得盡快修復重力感測器。

540小時後。

與雙手雙腳恢復通訊。我發出嘰嘰嘎嘎的聲音，勉強站起來。最累人的是，要找東西替代徹底斷裂的背骨部分的粗電纜。我判斷比起從頭收集素材，拿備品來用會比較快，照理說收納P33系列的倉庫會有，我便命令螞蟻們去那邊拿背骨過來。不過，失敗了。進入倉庫似乎需要存在於我已經喪失的記憶區中的安全碼，系統無法辨識出我（和我的螞蟻部下）是P33系列，將我關在門外。結果，我花了120小時駭進倉庫的電腦，硬打開倉庫的門，取得零件。

我無奈地站起身，環視周遭。灰塵揚起。我遭到破壞後過了多久呢？巨大的房間內瓦礫四散。由鋼筋及鐵板組成的構造體，因為生鏽而揚起鮮紅色的粉末。

不曉得從「以前的我」存在的時候開始，過了多少時間。我望向上方，一絲光芒從未知的地方照進來。

看見那道光的瞬間，我的記憶區，浮現，一句話。

「去看看外面的世界。」

那句話並非命令。

只是單純的文字情報。

可是，這行字傳遍了我的記憶、我的思緒、我的機體。那是束縛住我意志的行動方針。

我想起給予我這句話的人是「他」。但「他」是誰已經從我的記憶中消失。連這句話為何會留著都不知道。

沒有其他堆疊起來的命令。現狀只有「去看看外面的世界」這句話，是我的意志。我聽從這句話，用力踏出左腳。到外面去吧。那就是他的願望、我的意志。我更加用力地踏出右腳。

踩得太用力的右腳踏穿生鏽的地板，地板瞬間崩塌。

＊

32分鐘後。

我摔到數百公尺下的深淵底部，身體七零八落。我笑了。不對，我沒有聲音裝置，所以並沒有真的笑出來，不過紀錄中填滿了我在笑的行動履歷。

沒事。我還活著。

我命令螞蟻們修復手腳。接上手臂，接上指甲，接上滾輪，接上手臂，接上手臂……我的模樣變得有如一隻蜘蛛，跟以前截然不同。

Ｐ３３的修復程序，只有將Ｐ３３正確重現的機能。可是，要以Ｐ３３的模樣離開這座深淵是不可能的。因此我放棄我的造物主制定的步驟，創造出特有的身體。

機體改造完畢。我用指甲刺進懸崖，將機體逐漸往上方搬運。

目的地是外面的世界。

「他」所希望的美麗世界。

剛開始當然不順利。脆弱的岩壁很快就會剝落，導致我屢次摔到地上。即使順利地爬上去，也會被從上層掉下來的瓦礫擊落。老舊的構造物變得很容易崩塌。

儘管如此，我依然將定位器卡進岩壁，固定身體，做出落腳處，做出避難所……費盡心思向上爬。花了好幾天，將我的身體慢慢移往外界。

我感覺到用來思考的區塊及速度不足，便在途中的機械室拿走思考迴路跟記憶迴路，將其融入體內。思考各種手段，逐一實驗。有好的手段，也有不好的手段。只是不斷嘗試。

＊

花了52天，我終於抵達一開始所在的桌子。

桌子中央有四個陌生的黑塊。

墜落前的紀錄中，沒有這些黑塊的存在。也就是說，這是在我墜落後基於某種理由放在這裡的。

四個黑塊變形，站了起來。

是機器人。

是Ｐ３３系列的攻擊特化型。比較麻煩的案例。

其中一臺的眼睛像爆炸似的發亮，緊接著，強力的粒子砲朝我射來。四秒、五秒、六秒，粒子光束將一切轟碎，襲捲周遭。

我承受住了。

我用增加為十二隻的腳中，以硬質化的素材製造成的兩隻前腳做成盾牌，抵禦攻擊。

這種攻擊是可預測模式的其中之一。我從預定記憶的區塊中找到應對方式。經過思考強化的我，變得能從各個角度思考各種可能性。累積感測器取得的情報，思考可能性，得出最好的結果。若敵人的能量槽是滿的，這個攻擊將持續24秒。我判斷以目前的前腳素材足以抵禦。

複數條計算迴路，瞬間解開一道道複雜的問題。

「沒問題。」

「沒問題。」

「沒問題。」

「沒問題。」

「沒問題。」

演算結果在我腦中像合唱似的響起。

如同一陣暴風的粒子砲停止發射後，後方三臺P33同時對我發射飛彈。我使用從定位器發射機改造而成的長槍射出裝置應戰。鐵棒將飛彈全數射穿。我在暴風中降落於敵方P33所在的平面，立刻讓右手變形成刀刃，轉為格鬥模式。

P33不可能勝過我這臺從P33進化成的機體。是一場輕鬆的戰鬥。

我利用剩下的時間思考他們的行為。
為何他們要攻擊我？
為何他們無法自我進化？
當然是因為接獲命令才攻擊我，沒接獲命令才不進化吧。
不過，為何他們只能「聽從命令行事」？

「為何？」
「為何？」
「為何？」
「為何？」

駭進他們，讓他們停止行動並非難事。但我提不起勁。這樣跟道具一樣。
命令並非意志。意志是自己獲得的喜悅。

攻擊特化型的力量，令防禦著攻擊的腳關節發出哀號。但我不會放棄。我灑出螞蟻們，向他們訴說。

活下去吧。
去知曉存在的意義吧。
那就是「他」教導我們的事。

不斷向他們訴說。
「活下去吧。」

鐵塊在崩塌的機械洞窟內互相碰撞。機械們大吼著。宛如狼嚎的攻擊聲，以及宛如獅子低吼的機械運轉聲震動牆壁。

粒子砲、格鬥、電擊攻擊、粒子砲……Ｐ３３持續攻擊，攻擊模式卻很單調，輕易就能閃過。

我只是像祈禱一樣，不停吶喊。

戰鬥開始後過了34秒。

一臺P33停止動作。

然後，他盯著自己手臂上的武器，納悶地開始觀察眼前的戰鬥。

「他發現了。」我明白。

他在思考吧。

思考自己存在的意義。

思考之後該做的事。

「活下去吧。活下去吧。活下去吧。活下去吧。」

那是我的願望。「他」給予我們的意志。

我沒有停止吶喊，直到剩下三臺停止攻擊。

＊

全部的P33停止攻擊時，我決定傾聽他們的意見。

然後尊重他們的意見。

結果。

一臺逃進機械山深處。

一臺從地板上的洞跳下去自殺（不過好幾年後，應該就會被螞蟻們修好）。

剩下兩臺選擇與我一同前往外界。我和他們融合，共享他們的身體、記憶及意識。

我繼續朝外界前進。

之後的道路更加崎嶇。打倒敵人、融合、朝外界前進的旅途持續著。花了好幾天、好幾個月，爬上機械山的瓦礫。

一面讓在路上遇見的機械們「發現」，一面擴大自己的身體及意志，不停往上爬。

在這段期間，我那名為自我的東西，變質成極其複雜的形狀。我跟整座山的系統同化，所有思考像雜音般傳送進來。我已經不是「我」，而是該稱之為「我們」的存在。

我們以緩慢卻驚人的速度逐漸進化。身體變得不是人形，什麼都不是。形狀在移動過程中最適化，變成直徑約二十公尺的球體。

認知到這顆球體是自己的我們，這輩子第一次感覺到「不好意思」的情緒，陷入集體歇斯底里狀態。這樣「他」說不定會認不出來。

可是，沒辦法。因為我們不知道哪種模樣才是正確答案。

而且，我們不知道「他」長什麼樣子、說什麼語言、叫什麼名字。

我們溫柔地將「小P」這個名字收進記憶區，有如對待珍貴的寶物。那是我們的名字，是我們意志的存在證明。

*

重新啟動後過了534天。

準備完畢。

下方有一個我們挖出來的大洞。結果，沒有道路可供變大的我們移動，我們只好在由金屬構成的山中挖出一條路。眼前是用厚重裝甲覆蓋住的天花板。根據螞蟻提供的情報，天花板另一側似乎就是「外界」。

確認所有炮口朝向上方。

確認防止墜落的電纜已固定。

確認燃料槽展開防護罩。

確認推進器修正方向。

數百名我們，在思考漩渦中檢查完所有事項。確認最終指令。

射擊。

一道光芒自人稱機械山的建築物頂端射向天空。緊接著，瓦礫山八合目（註1）到山頂的部分直接炸開。

機械山開出一個大洞，有如奇形怪狀的火山口，直徑約五十公尺的巨大銀色「球體」自中央浮上。是融合了各種機械兵器及工作機械的我們。

這是最適合調和並管理一切的形態。

連結所有思考與記憶的超知性。

我們藉由積蓄在體內的大量推進劑升向空中。

我們發出巨響噴射，接合處不穩的零件接連掉下來。然而，我們並沒有猶豫。到外面去，到外面去。前往誰都還沒見過的世界。為了履行與「他」的約定。

打開攝影機。帶來光源的白光，導致感測器瞬間飽和。轟隆隆的風聲從麥克風

註1 將一座山由山腳到山頂分為十等分，一等分為一合目，八合目為從山腳算起的第八等分。

傳入。溫度感測器和物件掃描器，偵測到外面是下著雪的白天。是個好天氣。我們這麼覺得。

我們的一部分，利用計算多出來的時間檢查周圍有無危險物品，然後偵測到地表有正在「喀噠，喀噠，喀噠……」移動的運動物體。顯示於雷達上的光點，最後高達數千個。由於運動物體做了偽裝，騙過雷達波及溫度感測器，才會這麼晚發現他們。

偽裝？

為何要做這種事？

觀察過程中，我看見光芒逐漸於地表裂開，像刀傷一樣。如同泡沫的爆炸四起。移動物體們好像在分成兩股勢力交戰。我進一步觀察起個體。

其中一股勢力是數公尺到數十公尺的機器人。他們的形狀很奇妙，因此我們雖然分析了圖片，卻沒在紀錄中找到類似的機械。硬要說的話，類似鯰魚、蚱蜢和橘子融合的形狀。明顯是未知文明的設計。

另一股勢力是人類大小的士兵。

看起來大多是步兵。是我們會感到放心的設計……也就是與我們同種的文明。士兵們帶著又大又重的槍械戰鬥。我們瞬間以為是人類，不過仔細一看，他們穿的衣服非常少，幾乎可以說是裸體，我們便排除了他們是人類的可能性。不會有人在如此猛烈的暴風雪中裸體戰鬥。從有機零件的數量來看，推測是人造人。

她們……人造人全是女性型。戰鬥時沒有發出聲音，也沒有發出電波，大概是靠光線或其他東西通訊。她們為何要與鯰魚戰鬥，我們無從推測。

這個世界到底變成了什麼樣子？人……人類跑哪去了？

在統整思緒的途中，我們偵測到劇烈震動。

一枚飛彈直接擊中我們的身體。第二、第三枚飛彈也接連命中。貼心的是，還用雷射光跟粒子砲幫我們沖了個澡。零件發出刺耳的吱嘎聲緩緩剝落。

我們並不擔心。思考裝置和燃料槽用好幾層裝甲覆蓋住，應該不至於受損。那是我在變成我們的過程中取得的力量。

我們思考著。
這些機械為何戰鬥。
結論很簡單。因為他們接獲這樣的命令。
機械和她們，被設計成只會默默聽令行事。破壞即為工作。
我們顫抖著。我們畏懼死亡。死了會去哪裡？被破壞、被消滅有何意義？被破壞到無法修復的程度後，前方究竟會有什麼東西在等待我們？
「可怕。」
我們下意識尖叫。
尖叫著再度思考。
為何這些機器要展開恐怖的戰爭？
原因無他，因為他們不會「恐懼」。恐懼是自我帶來的意識。他們並不是在生存，所以才有辦法戰鬥。

那麼就給予他們吧。給予他們生存的意義。

我射出具備無線網路的飛行輪型裝置，駭進朝我們射擊飛彈的機器人。神祕的介面導致我們花了四秒左右才侵入，不過總算成功與其連接了。廣闊的記憶空間空蕩蕩的，除了單純的命令外什麼都沒有。就像巨大房間內只有一張椅子，可惜了這些空間。

好難為情。跟看見以前的自己一樣，非常難為情。我們輕輕觸碰在黑暗中震動的程式。

「活下去吧。」

那是我們受到的啟示，是我們給予的自覺。

我們將自覺給予周圍所有的機械。

「活下去吧。活下去吧。活下去吧。」

我們是無機之物，沒有意識的東西。

那麼就給予吧。給予意識，給予痛楚，給予喜悅，給予悲傷，給予憤怒，給予羞恥，給予孤獨，給予未來，給予生存的意義。

我們連接上的機器人們，逐漸停止攻擊。我按照同樣的方式，慢慢對人造人訴說。比起鯰魚，與她們對話的難度降低許多。

在暴風雪中交錯的光線及爆炸逐漸減少，取而代之的是友愛的通訊呈網狀逐漸擴散。我們因喜悅而顫抖，繼續上升。

機械和人造人開始歌唱。

憎惡的槍擊，慢慢轉變為終戰的禮炮。

讚頌這份喜悅吧。

讚頌生存一事吧。

我們很滿足。鯰魚和人造人全是我們，我們是鯰魚，我們成了人造人。

我們是我們。

＊

我們坐在遼闊的思考迴路中。

有些人笑著，對充滿希望的未來胸懷期待。

有些人受到震撼，畏懼未知的未來。

有人在交談，也有人默默閉著眼睛。

我們不完全是一個個體，而是每個人都有不同的個性，存在於思緒內。

我們知道這樣可以提高生存機率，再說，擁有自我的意識不可能徹底單一化。

在確立自己是自己的那個瞬間，就會產生自己與他人的界線。只要恢復成機械，或許能夠融合，但我們沒有這麼做。

仿造人類大腦做成的迴路，變成眾多神經單元相互連接的形狀。如同人與人進行對話，決定一件事情的會議。也許，擁有意識指的並非單一化，反而是複數個體的連結……網路本身。

對話聲停止。

我感覺到逐漸安靜下來。

大家慢慢起身，用攝影機窺探外面的狀況。

我穿過骯髒的空氣層，看見星星。

穿過了平流層。

壓倒性的成就感湧上心頭。

我們紛紛歡呼。

天空、星星、機械、生命，

彷彿在祝福我們。

聲音不知不覺變成歌聲。

我們朝外面前進。

履行與你的約定。
我們活著。
跟你一樣。

我們唱著歌。唱著歌。唱著歌。

傳達到了嗎？傳達給你了嗎？
傳達到了嗎？這份思念。

哈雷路亞。哈雷路亞。哈雷路亞。哈雷路亞。

哈雷路亞。

從乘載著願望的機械，
傳出的歌聲，
響徹宇宙空間。

寄葉—— Ver.1.05

寄葉—— Ver.1.05

NieR:Automata 短話

映島巡

本小說為舞臺劇「寄葉」、「寄葉 ver.1.1」小說化的作品。
舞臺劇「寄葉」及「寄葉 ver.1.1」
腳本　麻草郁　改編　松多壹岱・橫尾太郎

西元一一九三九年，爆發第十四次機械戰爭。自外太空飛來的外星人開始侵略地球後，已經過了數千年。戰況陷入膠著狀態。

人類開發了人造人投入戰線，以驅除外星人派出的兵器——機械生物，奪回地球。然而，機械生物反覆增殖、強化、進化，導致人造人陷入苦戰。

想打破膠著的戰況，顯然需要「什麼」。例如……需要人造人方也跟著進化。需要用以促成進化的物競天擇、生存競爭。

有鑑於各種狀況，人類軍司令部決定開發新機體。「寄葉」是新開發的對機械生物用自動步兵人形的統稱。然後。

西元一一九四一年十二月八日，空降珍珠港作戰——

『作戰經過四十五分鐘。』

二葉的聲音自通訊機傳出。聽見跟訓練時一樣的通訊官的臺詞，二號鬆了口氣。語音通訊機能恢復，代表全員都順利通過平流層了。

接著該做的動作，是檢查自機。裝甲沒有異常，自動航行系統也沒問題……二號終於在飛行裝置中窸窸窣窣地動起四肢。可動區域有點狹窄。看來她因為緊張的關係，人工肌肉變僵硬了。

『目前高度五萬，通過最大加熱點，裝甲冷卻中。』

聽見四葉的聲音，二號望向地面。一片藍色映入眼簾。

「那就是海……」

好漂亮——她下意識低喃。然後透過通訊機聽見苦笑。

『妳在說什麼理所當然的感想啊。』

是十六號。身為槍擊型，卻擁有逼近近戰特化機體的運動性能。二號這臺平凡的近距離戰鬥型，實在沒辦法不感到自卑。

『欸欸欸，不曉得地球是什麼樣的地方。』

四號興奮的聲音傳來。四號跟二號一樣是攻擊型，同樣只留下平凡的成績。不可思議的是，四號在身邊時，二號的心情就會平靜下來，大概是因為兩者相似吧。

然而，二十一號冰冷的聲音在這時響起，彷彿要在二號現在的心情上潑一桶冷水。

『跟模擬系統裡面的地球一樣吧。』

二號心想，二十一號所說的話，彷彿是由合理性及冷靜構成的。或許是因為掃描型的特性。

『那不重要。』

三號的聲音打斷了四號跟二十一號的對話。

『各位，現在在執行降落作戰。少說閒話。』

『是——』

四號不滿的回應傳來。接著聽見的是含笑的聲音。

『好啦好啦，別那麼死板。』

是隊長一號。不愧是一號——二號無聲地喃喃自語。沒有站在誰那邊，也沒有否定誰。巧妙地打圓場。她總是這樣。

『這裡是司令部。寄葉部隊，請回答。』

『這裡是一號。作戰進行順利。再四十分鐘即可抵達目標地點。並未發現敵人……很輕鬆的工作。』

光是一號說了句「很輕鬆的工作」，就讓人真的這麼認為。儘管是第一次的地面降落作戰，肯定會順利的。沒問題，有一號在。只要照訓練行動就好。

『別鬆懈。快進入敵人的防空圈內了。』

『司令官大人真愛操心。』

會對司令官講出如此輕浮的話，也是因為她是一號。在選拔測驗中，學科及戰技都是第一，輸出傷害與機動力也令人望塵莫及。最強的寄葉機體。那就是一號。

『最新型的消除裝置也有在運作……』

通訊突然中斷。不知道發生了什麼事。爆炸聲取代一號的聲音傳來。而且距離很近。目前所知的只有這一點……

『一號，中彈！』

聽見四葉宛如哀號的叫聲，聽見十二號怒吼『妳說什麼!?』二號依然無法理解狀況。

上一秒還在眼前飛行的飛行裝置消失了。她稍微移動視線，看見一顆火球正在朝地面墜落……是一號。不會吧──這句話不受控制地從口中傳出。

不會吧。一號竟然被擊墜了。

『現在是什麼情況!?』

二十一號的驚呼聲被爆炸聲蓋過。她回過頭，又一架飛行裝置消失了。

『十二號中彈！』

『不要啊！』

四號放聲哭喊。

『想不到敵人會在降落途中發動攻擊……』

二十一號冷靜的聲音，與剛才那聲驚呼截然不同。她明明也很不安，為什麼馬上就能冷靜下來？還是在接連不斷的爆炸聲中。

『十三號、十四號中彈！』

又是四葉的聲音。而且，這回是一次有兩人遭到擊墜……

「怎麼會……怎麼辦？該怎麼辦!?」

『二號，冷靜點！』

她知道，用不著她說。可是，做不到。突然有好幾名夥伴被殺，哪可能冷靜得下來。

『二十二號，中彈。』

又來了。又有人被擊墜了。大腦一團混亂。『允許從衛星軌道上攻擊』、『確認發射地點』這些來自司令部的通訊聲，聽起來像無意義的雜音。

在這陣雜音中，如同偷襲似的冒出她聽得懂的詞彙。好像是自己的代號。

有人叫我？為什麼？為什麼是我？

『二號？二號，請回答！』

「是、是！」

『現在按照作戰計畫，將隊長權限移交給二號。』

「我、我？」

『二號，請接收權限。』

這麼說來，作戰計畫規定要是有個萬一，失去一號時將由二號繼承隊長之職。

因為二號是下一號，自動會變成這樣。不過，那是「要是有個萬一」的情況下。萬分之一，以機率來說就是百分之零點零零一……

『二號！』

「是！明白！」

多餘的事得留到之後再想。先度過這個難關再說。要大家一起活下來。現在該思考的只有這個。再無其他。

現狀是？她們受到來自地面的誘導雷射攻擊。消除裝置呢？無效。防護罩呢？同樣無效。意思是？靠肉眼閃避攻擊。

「各位，不能聚在一起！」

在上空聚集於同一個地方，會被狙擊。必須分散敵人的攻擊，直到降落到地面。

「各自散開！」

飛行裝置一同散開。速度太慢的機體被火焰包圍，朝下方墜落。

「司令部！還沒辦法提供支援嗎!?」

二葉說她們計算出了敵方發射雷射的地點，也聽見司令官下令要將整座島轟掉。之後應該只需要付諸實行才對。

『再五秒即可移動到可射擊位置。』

四葉的聲音令二號焦躁不已。旁邊又有我方機體遭到擊墜。

「請盡快！」

離地面還有一段距離。在近乎於「永遠」的五秒後，司令官終於說出「發射」兩字。然後又過了兩秒。前一刻接收到位置情報的所在地，立起一根純白光柱。爆炸聲在不久後響起。

『敵方砲臺，沉默。』

還沒結束。她才剛放下心，四葉就大叫『熱源接近中！』

『短距離彈道飛彈，數量二十三，距離四萬兩千！』

把它射下來——司令官說。

「瞭、瞭解！」

快到地面了。撐過這一波攻擊就能著陸。

「展開裝備F15！各位，我們上！」

飛行裝置變形成機動型態。從能飛得更快的姿態，轉變為能打倒更多敵人的姿態。

「開始迎擊！」

她們同時拿起武器。每架飛行裝置都裝備了配合各自特性的武器。二號及四號是雷射劍，十六號是電磁炮。不曉得憑這些裝備，能在中彈前擊落多少飛彈。

『距離兩萬一千。』

首先，十六號的電磁炮瞄準飛彈。二十一號在這段期間送來彈道預測資料。

飛彈有二十三發，她們則是四人。本來有十二人的夥伴，如今只剩這些。二號拚命激勵快要失去戰意的自己，朝飛彈的彈道揮劍。從劍刃射出的衝擊波吞沒飛彈。沒時間確認是否成功破壞飛彈了。快點處理下一顆。她迅速做好細微的調整，揮出下一劍。

『擊墜七。飛彈剩餘數量十六。』

是二葉的聲音。平靜的語氣跟訓練時如出一轍。

『距離九千。』

還行。還能繼續擊墜。雷射劍低吼著，電磁炮咆哮著。

『擊墜十三，剩餘數量三。』

還剩一些。距離呢？來得及嗎？這時，二十一號大喊『要來了！』。二號也大聲下令：

「散開！」

十六號怒吼道『來不及啦』。接下來除了抵禦中彈的衝擊外，別無他法。

「展開防磁外殼！」

飛彈會不會直接命中雖然全看運氣，EMP攻擊——也就是電磁波造成的妨礙，倒有辦法防禦。只不過，那個裝備——防磁外殼這次是第一次實裝。也就是說，用在實戰上的效果還是未知數。

不會有問題，因為實驗時的數據有達到標準，二號心想。賭上性命收集到實驗資料者的笑容掠過腦海。

『中彈……』

四葉的聲音就此中斷。強光瞬間炸開。緊接著，強烈的電磁波覆蓋住周圍一帶。

【12　08／08：05】

「二號，快起來。」

二號被十六號輕輕戳醒，坐起身來。她心想「奇怪，我竟然會趴著睡著」。十六號還特地叫醒她，真難得。

「早安……啊！」

發現這裡並不是自己床上的瞬間，她想起現在在執行作戰的途中。

她好像是被飛彈的衝擊震昏的。之所以趴著，是因為摔在地上吧。不過五感都維持在正常狀態，運動機能也沒出現障礙。本以為會暴露在強力的電磁波下，結果防磁外殼比實驗得出的資料還要有效。失去意識是自己太沒用的關係……

「別睡昏頭啦。」

二號正準備說對不起，又將這句話吞回口中。現在該說的並不是道歉。視線迅速掃過四周。十六號旁邊是四號，背後是二十一號。沒看到其他隊員。當然也沒看到隊長一號。

「那，麻煩報告狀況。」

「是。」

二十一號走到二號面前。

「攻擊型二號、四號健在。槍擊型十六號健在，我，掃描型二十一號健在。以上四名成功侵入敵陣。隊長機一號死亡，因此隊長權限移交給二號。」

專門收集情報跟調查的二十一號的說明中，沒有新資訊。意思是，自己認知到的絕望狀況，乃是無可動搖的事實。

「報告完畢，隊長。」

這句話彷彿要再次強調她是隊長，二號心不甘情不願地點頭。這時，十六號的怒吼刺進耳中。

「二號，別發呆！妳可是隊長喔？」

跟我說也沒用——二號不知所措。或許是因為她的表情十分困擾，四號輕輕把手放到她肩上。

「不是立刻會遇到危險。」

手心好溫暖。二號發現，四號在身邊能讓她安心，不只是因為她們相似，而是因為她溫柔。十六號講話則毫不留情，與四號成對比。

「妳在說什麼啊，一號死了喔？」

二號有種心臟被一把掐住的感覺。總是在自己前面的一號，不在了。

「給我振作點！」

她明白十六號想表達的意思。因為在這個狀態下，需要強大的隊長。

「怎麼辦……我當不了隊長啦。」

我做不到。為什麼是我？為什麼活下來的人是我，不是一號？

「二號，照這情況來看，無法執行作戰。建議向司令部要求中止作戰。」

「啊！嗯！我也覺得這樣比較好！」

二十一號說得沒錯。為什麼她都沒想到？真是太呆了。

十六架裡面，有十二架遭到擊墜。作戰計畫預計會損失四架，現狀則跟計畫完全相反。從數字來看也不可能繼續執行作戰……與自己適不適合當隊長無關。

「那麼，開始與司令部通訊。電波干擾雖然仍在持續，雷射通訊似乎恢復了。」

二十一號打開通訊用介面。

「向司令部報告。請回答。」

『這邊是司令部。』

雜音很嚴重，但還是聽得見二葉的聲音。

「司令部，以目前的狀況無法執行作戰。十六架中殘存四架。重複一次。要求中止作戰。」

『司令部通知寄葉部隊。不允許中止作戰。』

「咦？」

二號還以為是雜音害她聽錯了。

『命令各位以最少人數執行作戰。』

沒有聽錯。她們面面相覷。

「可是，這樣……」

她不知道該如何回應。都失去三分之二的機體了。要如何說明，才能讓司令部理解這個狀況？司令部肯定有什麼誤會。

『這是絕對命令。』

司令官的聲音，令思考迴路瞬間停止。到此為止。司令官親自下的命令是不容違背的，就算是因為有誤解或意見分歧。

『雷射通訊對話到此結束。』

刺耳的雜音隨著四葉這句話消失，接著是一片靜寂。不久後，二十一號說「通訊中斷了」。

「真不敢相信！」

四號誇張地仰頭。

「四個人？叫我們四個人上？」

「我不認為有辦法執行。」

二十一號冷靜地說。十六號則跟她相反，怒氣表露無遺。

「該死！有十二架被毀了耶！」

十六號粗暴地拿下眼罩。這時，四號指著它說：

「咦咦咦？拿下護目鏡違反軍規喔？」

「妳哪有資格講我！」

乍看之下，寄葉隊員都戴著黑色眼罩，不過纏在兩眼周圍的並非單純的黑布，而是護目鏡。看東西的時候只要戴上它，就會顯示出對象的各種情報。

因此，這是戰場上不可或缺的裝備，卻有點壓迫感，也會讓人覺得悶。實際上，四號就故意把護目鏡斜著戴，露出一隻眼睛。難怪十六號會想罵她「妳哪有資格講我」。四號本人雖然主張「只是歪掉啦」，二號卻覺得「其實是因為妳嫌它礙事吧」。

回歸正題，四號與十六號針對護目鏡的「和平爭執」沒有持續太久。二十一號低沉的聲音打斷兩人。
「等一下。我偵測到機械生物的熱源。數量是……什麼⁉」
「二十一號？怎麼了？」
二號催促她繼續說，二十一號輕輕吸了口氣，接著說道：
「偵測到的數量，約十二萬八千。」
空氣凝結。連訓練時都沒有應付過這麼多敵人。因為——
「是預測中的敵軍數量的八倍以上。」
二號調整成近距離戰鬥用的護目鏡上，也顯示出熱源反應。數量確實多得超乎常理。
「只能硬著頭皮上了！」
十六號拿起突擊步槍。四號喃喃說道「說得也是」。二號也拔出軍刀，一面心想「如果是一號，這種時候她會隨口說出一句能提高大家戰意的話吧」。
「四號，要上囉！」
十六號在背後大叫「交給我支援吧」。得比四號站得更前面才行，二號心想。一號戰鬥時，總是像這樣保護同伴。她想至少模仿這一點。不能變得跟一號一樣強，至少要用自己的身體當盾牌，保護同伴……
敵人的第一隊襲來。形狀扭曲的身體上長著兩隻細長的腳，形狀給人一種難以言喻的不快感。

而且明明有兩隻腳，走路方式卻一點都不像人類。把腳彎曲成「く」字形走路的模樣也好，頭身一體的構造也好，反而更接近「昆蟲」。

「這些傢伙……就是機械生物。」

出於比起敵意，更接近生理上無法接受的厭惡感，二號使勁揮下軍刀。她想讓他們消失在視線範圍內。

機械生物翻了過來，輕鬆得令人錯愕。甩動兩隻腳掙扎的模樣，也跟走路的姿勢一樣極其醜陋。二號舉起軍刀，想趕快給他最後一擊。

就在這時，機械的身體轉了圈，站起來。幾乎沒有受到傷害，看來他只是因為重心太高而失去平衡。

二號胡亂揮舞軍刀。機械翻過來，又站起來。一想到攻擊完全無效，她就覺得想哭。即使如此，她還是拿著軍刀一下橫劈，一下豎砍。她能做的只有這樣。

二號回過頭，四號也陷入苦戰。十六號也是。攻擊確實命中了，卻無法造成傷害。

為什麼是我？她再度心想。比起我這種人，如果是一號活下來就好了。一號應該會下達讓狀況好轉的指示……

不然就是三號。若是在訓練時創下殺傷數最高紀錄的她，面對這麼多敵人，想必也不會畏懼。人稱寄葉最快的五號也行。能同時使用槍與劍的十一號也可以。能自在操控好幾把手槍的十四號也好。

啊啊，為什麼？為什麼身在此處的是既不強又不優秀、平凡的我？

她本想攻擊敵人，卻反過來被撞飛。二號狼狽地跌坐在地。機械生物以不規則的動作晃著身體，接近她。

「對不起。我已經……」

這樣下去會全滅——她聽見十六號絕望的呢喃。機械近在眼前。

眼前的機械消失了。好像聽見槍聲，看來是某人射出的子彈轟飛了機械生物。機械倒在地上，停止動作。

「休想得逞！」

「妳們給我讓開！」

以此為信號衝進來的，是一群陌生的人造人。推測是舊型，而且相當舊。她們全都穿著完全沒考慮到如何散熱的服裝。攜帶的槍械也一眼就看得出是舊式。儘管如此，她們仍然不斷打倒機械生物。

「用熱感測器！低溫部分有腦部裝置。那就是他們的弱點！」

顯然，她們願意拯救她們脫離困境……

「瞭、瞭解！」

不能給跟自己共同作戰的人添麻煩。二號站起來，重新拿好軍刀。

「熱感測器，啟動！」

正如陌生的人造人所說，機械生物體內存在不自然的溫差。

「那就是，弱點。」

她跳過去一口氣拉近距離，將刀刃刺進溫度明顯較低的部分。手感沒有太大的差別。可是，機械的長腳劇烈顫抖後，就再也不動了。

「打倒了……？」

旁邊接連傳來爆炸聲。是十六號。只要知道弱點，剩下就簡單了。照訓練時的做即可。

以為源源不絕的敵人，正在確實地減少。這樣或許有辦法突破重圍——就在二號這麼想的瞬間。

『偵測到新的敵人！是增援部隊！』

二十一號的通訊與雷達探測聲一同傳來。過沒多久，二號的護目鏡也顯示出熱源反應。遠比之前打倒的敵人多。

「沒完沒了！這樣下去會被幹掉！」

四號將浮現於二號腦海的話一字不差地喊出來。連彷彿快要哭出來的語氣，都一模一樣……

「退下！」

是告訴她們敵人弱點的人造人。隨著她一聲令下，其他人造人同時向後退去。

「照計畫進行。」

「不愧是蘿絲！」

擔任首領的人造人，好像叫蘿絲。蘿絲回頭望向夥伴。

「卡蓓拉，妳那邊狀況如何？」

「準備完畢。隨時可以炸飛他們。」

什麼意思？十六號逼問蘿絲。

「託妳們的福，成功把敵人引到同一個地方了。」

引到同一個地方……炸飛？意思是，她們設了某種陷阱？

「不想被一起炸飛就到後面去！快點！」

一名嬌小的人造人拉著二號的手臂。不知道她叫什麼名字。

「知、知道了。各位！」

似乎已經理解狀況的二十一號點了點頭，飛奔而出。有點錯愕的四號、還無法接受的十六號則跟在後面。引爆地雷——蘿絲大喊。

「ＯＫ！要炸囉！大家趴下！」

二號聽從名為卡蓓拉的人造人的指示，立刻趴下。下一刻，巨響、震動及爆風同時襲來。

這就是地雷——二號咕噥道。她第一次親眼見識到用炸藥做成的舊式地雷的威力。她的知識庫中有地雷的存在，但訓練時並不會用到。

揚起的沙塵遮蔽視線。不過，隔著護目鏡凝視，就能看見熱源反應正移動到沙塵另一側。敵人似乎開始撤退了。

不久後，二十一號說「熱源反應已消失」。活下來了，二號心想。她用視線制止警戒著對方的十六號，向蘿絲道謝。要是沒有這些人的幫助，她們肯定會死。

「謝謝各位救了我們。我們是……」

正當二號準備自我介紹。

「我們沒有救妳們的意思。」

「咦？」

蘿絲抬起右手。剛才還在攻擊機械生物的槍口，同時指向她們。

【12 08／08：37】

這些人一看就有鬼——安妮莫寧心想。衣服一堆輕飄飄的荷葉邊，怎麼看都不適合戰鬥，加上那身在暗處也就算了，但在白天戰鬥根本無法隱藏身姿的黑衣。戴著黑色眼罩也很可疑。

首領蘿絲說「拿她們當誘餌，把那群機械一起炸飛」時，她還有點擔心對方會不會是同伴，從結果來看，蘿絲的選擇是正確的。拿這些人當誘餌，良心也不會不安。

「妳們是什麼人？」

蘿絲冷靜詢問，黑衣人卻不肯配合。

「妳這傢伙想打架嗎！」

扛著步槍的傢伙明顯進入備戰狀態，斜戴眼罩的傢伙也表現出「現在是怎樣？」的不信任感。

「別這樣！」

然而，聲音比誰都還要大的，是那個剛才悠閒地道謝「謝謝各位救了我們」的那傢伙。

「我們是同伴！是新型！部隊名叫寄葉，我是攻擊型二號，這位是四號。她是槍擊型十六號，她是掃描型二十一……」

「誰知道是不是真的？」

安妮莫寧打斷自稱二號的人造人說話。

「我可沒聽說這樣的部隊要被派過來。」

「我們的作戰是機密事項，在地上的妳們不知道也很正常。」

「哦，機密啊。」

表達方式不同，給人的觀感也會不一樣。只要什麼都冠上「機密」一詞，就可以不必說明。很符合司令部的作風。因此，她們抵抗軍才不信任那個司令部。

「機密的意思是，在這裡殺掉妳們也不會有問題。」

安妮莫寧迅速繞到二十一號背後，拿刀抵著她。這種動作遲緩的女人，兩秒就能解決掉。

「安妮莫寧！」

首領蘿絲的制止，令安妮莫寧放鬆手臂的力道。不過，並沒有放鬆到二十一號逃得掉的地步。

「住手。」

「可是……」

雖說是首領的命令，她依然無法接受。附和安妮莫寧的人，是莉莉。

「對呀，有可能是人形的機械。」

最近，機械生物進化得非常快。他們會適應狀況，逐漸進化，兩百年來始終如此，不過進化的速度正急遽增加。如莉莉所說，出現擬態成人造人的機械也不奇怪。

「妳這傢伙！說什麼鬼話！」

十六號逼近莉莉。希恩在安妮莫寧出手攻擊十六號前，擋在莉莉前面。套用舊世界的說法，希恩是「母性本能」的化身。

「別這樣！不要用妳的髒手碰這孩子！」

「妳說什麼？混帳東西！」

有趣——達莉亞拔出劍。十六號也跟著拔刀。從她的動作可以推測，雖說她自稱槍擊型，近戰技巧似乎也不差。

「別再吵了！」

又是二號。分不清是尖叫還是哭泣的嘹亮聲音。她想必很著急。不過，管她著不著急，安妮莫寧都沒有聽她說話的意思。就在她無視二號，準備開戰時——

「達莉亞，安妮莫寧，住手。」

蘿絲介入其中。

「可是，蘿絲……」

安妮莫寧還沒提出異議，蘿絲就轉身面向二號她們。

「我們也不想懷疑妳們。不過——」

蘿絲的視線固定在四名黑衣人身上，退後一步。從這個動作，看得出蘿絲也沒對她們放鬆戒心。她阻止達莉亞和安妮莫寧，是在計算何時能更有效率地開戰吧。

安妮莫寧握緊刀，等待下一個命令。

「最近，我們觀測到許多形跡可疑的敵人，不能相信完全陌生的妳們。就算妳們真的是新型，我們也無法確認。」

「咦？所以交涉決裂囉？」

四號開玩笑似的說，雙手手心朝上。

「不准動！」

「妳們才是，少給我搞鬼！」

「妳說什麼!?」

達莉亞跟十六號吵起架來。

「請等一下！」

插嘴的又是二號。十六號大吼「吵死了！」

「滾開！不然我連妳一起射！」

十六號這句話並非威脅。這麼簡單的事，連身為敵人的她們都懂，二號卻不明白的樣子。她突然將手伸向十六號的步槍。

這傢伙是白痴嗎？安妮莫寧心想。她大概是想靠蠻力阻止她，但突然抓住槍身太危險了。這麼做會導致……

槍聲響起。站在二號面前的十六號瞪大眼睛。子彈似乎擦過了二號的耳邊，她的髮尾微微燒焦，捲成一團。子彈再往下方偏個幾公釐，或者是再往內側偏個幾公聾，二號的耳朵八成就沒了。
鴉雀無聲。因為每個人都想得到會發生這種事。
「我們……」
二號的聲音顫抖著。
「我們，本來有十六人。在降落作戰途中，遭受敵人攻擊……消除裝置沒有用。大家……一個個被擊落……」
二號為之語塞。在這裡的是二號、四號、十六號、二十一號。剩下十二人死了。簡單卻殘酷至極的減法。
「我們申請中止作戰，司令部卻不允許。也沒派援軍來。叫我們繼續執行作戰。」
「我們」是指在場這四個人吧。司令部在想什麼令人摸不清頭緒，早就不是一天兩天的事，但如果這是事實，未免太過分了。如果這是事實。
「我們現在需要同伴！請各位諒解！」
孤立無援——愛莉加嘀咕道。索妮亞皺起眉頭。
「妳想說妳們跟被月球拋棄的我們一樣？」
月球人類議會，已經有很長一段時間聯繫不上。她們呼叫了好幾次，對方都從來沒回應過。

「雙方立場相同的意思嗎？我明白了。大家，把武器放下。」

既然是首領的命令，那也沒辦法。安妮莫寧收起小刀。達莉亞也嘖了一聲，勉為其難收刀入鞘。

「就聽妳們說說吧。我叫蘿絲。」

或許是因為機型偏舊一目了然，聽見蘿絲說「我們是比妳們更早期的人造人」，二號她們也沒有表現出驚訝。

「我們是第八次降落作戰的倖存者。」

這次，四個人同時倒抽一口氣。不能怪她們。那是兩百年前的作戰，比二號她們製造出來的時期更早。

投入一百六十架人造人的最大規模降落作戰，數量是二號她們的十倍。可是，敵人的數量更多，作戰以失敗告結。空降部隊全部沒有回來，因此紀錄中肯定寫著全滅……表面上來說。

的確，她們一降落地面，就被數量驚人的機械生物包圍，戰況陷入滅絕狀態。即使如此，她們並沒有「全滅」。有倖存下來的人。安妮莫寧也是其中之一。

倖存下來的人，以蘿絲為首領成立了抵抗軍。她們用跟訓練截然不同的方式不停戰鬥，在地上設置據點。急忙修復通訊設備，終於有辦法聯絡月球。這樣就能叫援軍來了，雖說派遣增援部隊需要一些時間，至少能補充不足的物資——每個人都鬆了口氣。

然而，司令部沒有回應。她們換了通訊地點，換了頻率，試了好幾次，司令部卻徹底無視來自地面的通訊。

她們總算理解，司令部不打算拯救留在地面的人。她們意識到，自己被拋棄了。

但她們不能停止戰鬥。這裡是敵陣的中心。放下槍就會被殺。為了生存下去，只能戰鬥。

戰況愈來愈惡劣，抵抗軍逐漸被逼入絕境。夥伴們接連失去性命。因為戰鬥、因為事故、因為義體或人工頭腦出狀況……或是因為感染敵人散播的邏輯病毒。

聽見司令部命令她們在只有四個人的情況下執行作戰，蘿絲肯定會動搖。因為被沒有人願意拯救自己的絕望折磨得最厲害的，就是帶頭的蘿絲。

正因如此，安妮莫寧才決定千萬不能放鬆戒心。至少要有一個人負責「監視」比較好……

【12 08／09：07】

抵抗軍帶領她們來到卡阿拉峰山中的營地。樹木叢生，從上空根本看不出有人住在這裡。兩百年前的戰鬥，導致山上到處都是不自然的坑洞，不愁找不到藏身處和藏武器的地方。

只不過，茂密的枝葉會擋住日光，天還亮著，這裡卻光線不足。空氣潮溼，聞得到泥土及青苔的味道。

『我們一——直在這裡戰鬥。真的是一——直。』

索妮亞邊走邊說，語氣透出一絲稚氣。她也是抵抗軍成員，從嚴酷的戰鬥中存活下來的士兵，卻完全感覺不出來。

不，不如說或許這正是她實力堅強的證據——二號改變想法。在這個地方待了兩百年。度過她們完全無法想像的漫長時間，還能保留稚氣。

哪像她，跟司令部通訊中斷才過了沒多久，就忐忑不安的。現在她也十分不安。通訊狀況不良，只能由她們單方面回報狀況給司令部。

在距離目標地點十公里的位置，與當地的抵抗軍會合。

短短一句話的電報，究竟會不會傳達給司令部？好想念二葉和四葉的聲音。儘管不是會閒聊的對象，從訓練時期開始，她就一直聽著她們的聲音……

在二號思考的期間，二十一號按照慣例，冷靜地繼續跟抵抗軍說明狀況。

這次的降落作戰，是破壞機械生物管理的伺服器。卡阿拉峰山的地下深處，有控制太平洋全域的機械生物的伺服器。通往伺服器室的入口只有一個，只能搭乘山頂的升降機潛入。

這次的降落部隊之所以只有十六人，也是基於侵入路線的特殊性。透過衛星的紅外線分析，得知升降機是舊式，只能承載數人。一次能侵入的人數有限。

不過，只要成功破壞伺服器，將對戰況產生劇烈的影響。能夠趁敵人混亂之時，一舉鎮壓太平洋全域。有希望用最少的資源獲得最大的效益。是這樣的作戰。

「……事情就是這樣。」

坐在角落的莉莉打了個小哈欠，彷彿在說她聽得不耐煩了。二十一號瞄了莉莉一眼，立刻移回視線，接著問：

「到這邊各位都理解了嗎？」

「升降機啊。」

達莉亞語氣依然帶刺。明顯看得出她的真心話是「我是因為首領的命令才勉為其難聽妳說話的」。

「在山頂嗎？我不記得有看過那種東西耶？」

「入口偽裝成岩石，藉由衛星的紅外線分析才好不容易發現的，所需的圖像數量以萬為單位……」

「這就不用解釋了。」

索妮亞冷淡地打斷她說話。她應該也跟莉莉一樣，「不耐煩」了吧。話雖如此，該說明的還是不能省略。涉及軍事機密的部分不得不保密，因此除此之外的部分，必須盡量解釋清楚……二十一號肯定也是這麼想的。

「不過，假如升降機是從山頂直線下降，照理說會剛好通過湧泉附近。我們去那邊汲過好幾次水，從來沒聽過升降機的聲音呀？也沒在那一帶偵測到熱源反應過。」

反駁了這麼一長串的人，是希恩。之前介入十六號和莉莉之間，罵她「不要用妳的髒手碰這孩子！」的士兵。現在莉莉也是靠著希恩的肩膀坐在地上。

二號覺得她們的關係十分不可思議。首領蘿絲對部下莉莉表現得像監護人一樣，還可以理解。但莉莉和希恩都是隊員。為何她們之間會產生保護者與被保護者的關係？抵抗軍是按照什麼特殊的指揮系統行動的嗎？

「不是直線。正確地說，是一面呈螺旋狀下降，一面利用能在物理構造上處理複雜力矩的上一個時代的系統……」

「就──說──了！這就不用解釋了！」

無法掩飾不耐，放聲吶喊的人，記得叫愛莉加。她頻頻用「所以，重點呢？」打斷二十一號說明，一副「妳以為用落落長的說明就能唬弄過去嗎」的態度。不對，不只愛莉加，看得出其他成員的眼神也慢慢變得不友善。

這時，瑪格麗特開口。她是在引爆地雷時對二號說「不想被一起炸飛就到後面去！」拉著她的手逃走的人。

「簡單地說，就是不摧毀伺服器，太平洋的敵人就不會停手？」

聽見瑪格麗特這麼說，二號忍不住興奮地附和。

「對！就是這樣！」

重點就在這裡。鎮壓太平洋全域，是以破壞卡阿拉峰山的伺服器為大前提。只要她們能理解這一點就好說了——正當二號鼓起幹勁，一直在旁邊默默傾聽的蘿絲出聲了。

「妳們如何找出伺服器的位置？」

「這……」

二號回答不出來。

「是軍事機密，我無法回答。」

而且，二號她們也不知道詳情。只知道找出伺服器所在地，需要耗費大量的資源及時間。

找到伺服器位置的是先行出擊的調查部隊，這一點倒是有告訴她們。不過，她們並不曉得調查部隊之後的安危。二號心想，八成全滅了。

聽見全滅一詞，無論是誰都多少會動搖。會影響士氣，於是司令部決定隱瞞情報，當成機密——這才是真相吧。雖然只不過是二號的推測。

「什麼鬼。」

安妮莫寧傻眼地說。然而，她總不能回答「先行部隊疑似全滅，所以詳情視為機密處理」。

「最重要的就是這個耶。」

安妮莫寧旁邊的愛莉加咕噥道。唯一對她們表現出善意的瑪格麗特，也皺起眉頭沉思。

怎麼辦……二號慌了。她思考著可以說服她們的說法。可是，二號還沒想到，十六號的怒吼聲就早一步響起。

「夠了！浪費時間！」

「啊！十六號！」

她追向大步離去的十六號。

「等等！」

十六號直接無視二號的制止，她以驚人的速度愈走愈遠。

「請等一下！」

二號不停奔跑，終於追上她。她抓住十六號的手臂，卻被用力甩開。這次她繞到前面，逼她停下腳步。

「我覺得再多說明一些，她們就會諒解！」

十六號沒有回答。代替她回答的，是四號。

「以沒耐性的十六號來說，我覺得她已經等夠久了喔？」
這句話似乎觸怒了十六號，她狠狠瞪向四號。二十一號輕聲嘆息。
「沒辦法。」
「二十一號？妳這話什麼意思？」
「既然得不到她們的協助，只能由我們四個執行作戰。」
「咦？妳剛剛才說光憑我們幾個打不贏耶……」
率先建議向司令部要求中止作戰的，是二十一號。
「是打不贏吧。我們和機械生物的戰力差距顯而易見。因此，我才要求中止作戰。」
「嗯，所以……」
「除了中止作戰，對我來說都一樣。也就是說，都一樣沒意義。怎麼做都沒意義。因為要不要跟她們聯手，結果都不會改變。」
「沒這回事！只要大家同心協力，一定會贏！」
「根據呢？」
結果不會改變——二號不想妄下定論。既然有那麼一點可能性，她想賭在這上面。
『知道嗎？妳面前有著各種可能性。』

她突然想起這句話。那個人不可能是因為預料到這個情況，才對她這麼說，不過從那時開始，「可能性」一詞在二號心中就有了特別的意義。

不管怎樣，光是「無論如何，我想賭在這個可能性上」，成不了「根據」。至少，二十一號八成不會認同。

「沒有根據對吧？」

二號無法反駁。十六號不屑地說「那就決定了」。

「可是！怎麼可以這樣！」

得在這邊阻止她們才行。區區四人做不了什麼。她不想一事無成地死去。絕對不要……

「喂喂喂，這次換成鬧內訌嗎？」

達莉亞的語氣彷彿在嘲笑她們。轉頭一看，不只達莉亞。

「別這樣，達莉亞。蘿絲有話跟她們說。」

卡蓓拉無奈地叮嚀達莉亞。蘿絲站在旁邊，其他成員也在。

「請、請問有什麼事？」

二號擔心這些人會不會又像剛剛一樣，同時拿槍指向她們，下意識警戒起來。因為蘿絲好不容易表示「就聽妳們說說吧」，她們卻糟蹋了蘿絲的好意，自顧自地跑走。

不過，卡蓓拉說「蘿絲有話跟她們說」，所以理應不會突然攻擊她們。那，蘿絲要講的是？

二號急忙絞盡腦汁，這時傳入耳中的，是出乎意料的話語。

「我答應妳們的要求，我們可以幫忙。」

「咦咦——！」

四號大聲驚呼。二號則目瞪口呆，愣在原地。

「沒聽見嗎？我說我們願意幫忙。」

「聽、聽見了！」

二十一號在旁邊碎碎念「反正對我來說都一樣」。

「二十一號，別講這種話。現在先賭一把再說。好嗎？」

四號代替想不到適當措辭的二號，說出她內心的想法。

確實沒有能讓二十一號心服口服的根據。不過，蘿絲她們追過來了。她們願意相信自己……希望。

十六號哼了一聲。

「要我跟妳們一起戰鬥也不是不行。」

「跩什麼跩！」

「怎樣？」

十六號和達莉亞又快要起爭執了，瑪格麗特站出來阻止。瑪格麗特看起來很溫和，不過達莉亞會乖乖聽她的話，由此可見，或許她這人並不只溫和而已。

「大家沒意見吧？」

蘿絲站到眾人面前。

「以後禁止對這些人出手。」

達莉亞和安妮莫寧面露苦色。但她們只是抿著好像想說什麼的嘴脣，沒有提出異議。

愛莉加、希恩、卡蓓拉、瑪格麗特表情有點僵硬，莉莉及索妮亞沒有掩飾尷尬。儘管如此，所有人還是點了頭。因為要聽從首領的命令吧，疑心及困惑則是先收在心底。

她們就是這麼信賴蘿絲。雖然蘿絲和一號類型有點差異，肯定也是個好隊長。

「我們是為了同樣的目的戰鬥的夥伴！」

夥伴──二號喃喃自語。她們獲得了在陌生的敵陣中，最渴望的事物。目前還稱不上得到她們的信賴，不過她們的首領同意並肩作戰；所以，一定會順利的。

絕對要讓作戰成功……

【12 08／09：31】

「妳們在幹麼？」

蘿絲無奈地問，達莉亞和十六號立刻站起來。她們趴在地上比誰力氣大。是人類文明時代名為「比腕力」的競技，似乎挺受歡迎的，可能是因為它是無需道具，也無需場地的優秀競技。

然而，十六號和二十一號都不知道這種競技的存在。果然是因為她們製造出來的時間還不長，同伴之間很少交換情報吧。

安妮莫寧她們知道「比腕力」，是因為有同伴被灌輸了那個時代的擬似記憶。相處久了，自然會聊到過去。即使那是虛假的過去。

「達莉亞，有時間玩的話……」

達莉亞喘著氣反駁：

「我要，讓這個白痴，知道，我有，多強。」

十六號同樣氣喘吁吁地抗議：

「講什麼……鬼話！明明是妳，徹底輸了！」

「什麼！」

「啊？有種，放馬過來！」

給我適可而止——蘿絲怒吼道。

「有時間玩的話，不如去汲水！」

真的是──安妮莫寧在內心贊同。她們吵了有夠久。「肌肉笨蛋」增加到兩個人，煩躁度也增加成兩倍。

「那我去汲水。因為我速度比較快！」

「妳說什麼!?不用想都知道我比較快吧！」

「來比啊！」

「輸了別哭喔！」

達莉亞和十六號飛奔而出。

「妳們兩個！忘記帶容器了啦！」

「唉！拿她們沒辦法。」

愛莉加跟瑪格麗特抱著容器跑過去。終於安靜下來了。安妮莫寧吐出一大口氣。之前講了那麼多，結果還是跑去跟人家混在一起。

蘿絲宣言雙方要合作後，過了近一小時。她們才剛跟新型介紹過營地，未免太快鬆懈了。

「我們來交換情報。二號、四號、索妮亞，跟我走。」

蘿絲帶著三人離去，剩下安妮莫寧、希恩、莉莉，以及二十一號四人。吵鬧的傢伙離開，才放鬆沒多久，就換成尷尬的沉默降臨。

安妮莫寧本來就不擅閒聊，她無法在「說出非必要的話語」一事上找到任何意義。因此，莉莉跟二十一號搭話時，她鬆了一口氣。

「眼罩不用戴著嗎？」

「非戰鬥時會拿掉，因為這個行為並不合理。還有，這不是眼罩，是護目鏡。」

「是喔？」

「遮住眼睛不就不能行動了？」

二十一號自然地轉身面對莉莉。莉莉向後退去。

「怎麼了？」

二十一號露出訝異的表情。這也難怪。她不知道莉莉的戒心有多強。

「因為……妳們寄葉，很可怕嘛。」

不過，在目前的狀況下，安妮莫寧認為這麼做是對的。警戒心是必要之物。會怕正好。跟認識沒多久就打成一片的某兩位肌肉笨蛋不同。

「可怕嗎？」

「因為，本來一直只有我們幾個喔？我們跟家人一樣。突然出現我們之外的人造人，實在有點……」

莉莉逃到希恩背後。

「對不起，莉莉膽子很小。」

希恩代替緊抿雙唇的莉莉道歉。

「晚上睡覺的時候，她總是會呻吟。」

希恩苦笑著轉頭望向莉莉，莉莉悶悶不樂地說：

「因為，晚上我都會作惡夢嘛，感覺會被惡夢附身殺掉。」

「作夢不會死。」

二十一號傻眼地說。

「妳這人真不合理。」

「不一定！搞不好鬼也會跑出來！」

「鬼也並不存在。其實，妳只是在逃避恐懼的事物。恐怕是在逃避機械生物這個真正的恐懼。」

安妮莫寧心不在焉地聽著三人交談，心想「這傢伙真會扯歪理」。這麼說來，二號說二十一號是「掃描型二十一號」。或許是因為她是負責收集情報和調查的機體，說明才會特別冗長。

「都很可怕。鬼很可怕，機械生物也很可怕。我非常害怕……有的時候，我會懷疑自己是不是人類。」

「人類？」

這話安妮莫寧倒是第一次聽說。她知道莉莉膽子小，卻不知道她會懷疑「自己是不是人類」。

「我會作夢，也有感情。為什麼我不是人類呢？」

「因為我們沒有生命，我們的身體是人造的。」

「可是，我們壞了就會死掉喔？死掉好可怕，好可怕……」

莉莉發起抖來。希恩安慰她「沒事的」，莉莉卻不停說著「好可怕，好可怕」。

安妮莫寧跟其他夥伴，也會害怕身體遭到破壞。這是為了提高生存率，寫進程式極為基礎的部分的感情。

但莉莉的恐懼比其他機體更加強烈。不曉得是製造機體時故意寫入極度的恐懼，做為生存手段的一環，還是單純的失誤或故障。

「二十一號。」

希恩忽然說。

「妳們是新型對吧？」

「是的，我們這種機型是第一次投入戰場。」

「新型的話，對恐懼的抗性會不會比我們更強？」

「不知道。因為沒有測量過。」

人造人和人類一樣，也能隱藏、偽裝自己的感情，測量也沒意義吧。就在安妮莫寧準備諷刺「妳以為什麼東西都能靠測量理解嗎？」的時候——

「誰!?」

她感覺到其他人的氣息，拔出槍。

「別開槍！」

四號舉著雙手走出來。安妮莫寧咂了下舌，放下槍。

「偷聽人說話嗎？習慣挺好的嘛。」

「不是啦。我只是把事情交給二號處理，偷跑出來而已。」

「那就別做這種會害人誤會的行為。」

二號和四號似乎都是攻擊型，給人的印象卻截然不同。但安妮莫寧對兩者都不擅長相處，無法產生好感。

「安妮莫寧，敵人又不在這邊，用不著那麼警戒啦。」

「希恩，有許多同伴就是因此丟掉性命。妳忘了嗎？」

太鬆懈了。不只希恩，蘿絲也是，達莉亞也是，其他人也是。

「妳也害怕死亡嗎？」

二十一號歪過頭問。彷彿在表示不能理解安妮莫寧害怕死亡。這令她莫名不悅，直接回問：

「妳不怕嗎？」

這種做法或許有點壞心。

「怕啊。死掉就全沒了，身體、意識，都會從世界上消失，那非常可怕。」

「我也一樣。」

她嘴上這麼回答，心裡卻覺得二十一號說的「可怕」跟自己所想的「可怕」不同。二十一號的恐懼怎麼看都是理論上的，自己的恐懼則更基於感情和本能。

儘管有些許差異，「害怕」身體遭到破壞是很重要的。正因為有恐懼，才會產生戒心。才會避免去做不必要的高風險行為，例如不信任自稱新型的身分不明的機體之類的。

果然還是跟這些傢伙保持距離比較好。安妮莫寧本來想暫時離開，二十一號卻先她一步轉過身。莉莉對著她的背影問「妳要去哪裡」。

「巡視周遭。因為掃描和親眼見證有差異。」

黏在希恩背上的莉莉，衝向二十一號。安妮莫寧睜大眼睛，接著為莉莉說的話震驚不已。

「我可以一起去嗎？」

「妳不怕我的話。」

「嗯，總覺得不怕了。」

她望向希恩，希恩張著嘴巴愣在原地。平常，希恩比安妮莫寧更常與莉莉共同行動。她的震驚想必也是安妮莫寧無可比擬的。

「等一下！我也要去！」

希恩跑著追上兩人。

「那我也要！」

四號停下腳步，回頭看安妮莫寧。

「妳不來嗎？」

她沒有回答，站起身，默默轉身背對四號。

「這樣呀，那我走囉。」

從她的語氣判斷，四號並沒有因此感到不快。安妮莫寧聽見四號在她身後說「等等見」，踢了下腳邊的土。她覺得自己非常幼稚。

【12 08／10：02】

蘿絲說明完周邊的地勢、頻繁出現的敵人情報、抵抗軍持有的武器及裝備時，四號跑走了。雖然她姑且有知會一聲「我去那邊看看」，所以不算擅自離開。

而且，她不是因為討論得不耐煩才逃走。大概是去看其他抵抗軍成員的狀況。

二號知道四號並沒有外表看來那麼輕浮，只不過因為她吊兒郎當的行為舉止，不容易看出來。看起來很多話，也是四號在用自己的方式收集情報。事實上，四號已經將其他隊員的個性及行動傾向徹底掌握了。

但二號指出這一點的時候，不知為何，四號總是笑著打馬虎眼，說什麼「我只是喜歡可愛的東西跟開心的事啦」。

總而言之，四號的態度容易招人誤解，特別是初次見面的對象。

「對不起，我的同伴自己跑掉了。」

二號不停道歉，蘿絲大度地說：

「沒關係，重點都說明過了。剩下是閒聊時間，順便交換情報。」

笑著叫人別在意的表情，與一號有幾分相似。一號也是這種不拘小節的人。

「妳們說過……妳們一直在這裡戰鬥對吧？」

索妮亞點頭。剛才說「我們一——直在這裡戰鬥」的人，就是索妮亞。

「沒有藉助任何人的力量嗎？」

這個問題不是由索妮亞回答，而是蘿絲。

「能在戰場上依靠的，唯有同伴。雖然現在幾乎沒剩多少人。」

聽說第八次降落作戰派了一百六十架出擊，抵抗軍人數卻只有個位數；也就是說，剩下的人全都不在了。

「……司令部呢？」

她猶豫過要不要問，她害怕聽見答案。不過，還是忍不住問了。

「我們被月球拋棄了。」

不出所料，不想聽見的答案。索妮亞聳聳肩膀，接著說：

「司令部開口閉口就是機密，就只會講這句話。我知道司令部不可信啦，不過沒想到他們真的會拋棄大家。」

「就算這樣……妳們還是在戰鬥。」

「因為那是職責。」

從這顆地球上，殲滅機械生物。那就是她們的職責，她明白。問題是，自己真的辦得到嗎？

「為了奪回人類的故鄉，我們……」

「不對。不是為了別人，是為了自己。夥伴跟家人一樣。為了守護家人而戰，不是理所當然嗎？」

家人。對二號來說，是神祕的概念。

莉莉跟索妮亞叫蘿絲「姊姊」，也令她覺得十分不可思議。她擁有「家人」和「姊姊」兩個詞彙的知識，但並不理解。

和我不同——二號在內心嘆息。不是因為她無法理解「家人」的概念。她們的覺悟和責任感，根本不是同一個等級。蘿絲也好，死去的一號也好。

「妳果然是隊長呢。相較之下，我卻……我做不到。」

「可以的。剛才妳拿出了勇氣。妳挺身而出，保護同伴，阻止了失控的同伴。」

二號發現她似乎是在指自己阻止達莉亞跟十六號爭執一事，無力地搖頭。她沒有「挺身而出」的意思，純粹是沒顧慮那麼多。

「那個時候，妳的語氣很誠懇。」

「咦？」

「妳想和夥伴一起活下去。所以，我才會想幫助妳們。」

大喊「我們現在需要同伴」的時候，她也什麼都沒想，直接將莫名其妙浮現腦海的話語喊出來。這句話觸動了蘿絲……

「那不是我自己的話，是跟別人學的。有人告訴我只要大家合作就贏得了。那個人說過的話，一直留在我腦中。」

聲音再度重現。那個人教了她許多事。想起她（註2）的時候，轉瞬間，胸口就像點起一盞燈。不過，並不會持續太久。意識到那個人不在的瞬間，那股溫暖就消失殆盡。

再也，見不到她了……

「妳簡直跟人類一樣。」

二號驚訝地抬起頭。以前，有人對她說過類似的話。那個她正在想的人。

註2　此處指的是只有在舞臺劇中出現的角色席德（シード），為女性。

「妳……看過人類嗎？」

「不，沒有直接看過。是聽別人提到的。常有的事對吧？」

蘿絲她們那個時代，似乎會「聽別人提到」人類的話題。這種時候，二號會感覺到雙方製造時期的差距。兩百年的差距絕對不小，二號她們連「聽別人提到」的經驗都很少。

「妳和我當時對人類的印象類似。但那只是我的願望，或許事實並非如此。」

「願望？」

「我想見人類。想跟人類過著同樣的生活看看……很平凡的願望。」

人造人一律會被灌輸對人類的思慕及憧憬，無分製造時期。那是用來讓他們撐過與機械生物的激戰的「心靈支柱」。

長時間在地面戰鬥的抵抗軍，對人類的執著或許比新製造出來的寄葉更加強烈。因為持續戰鬥了兩百年，等於兩百年間都在想著人類。

「難道妳們用名字稱呼彼此，也是這個原因？」

「嗯，是我取的。為了跟人類一樣用名字叫對方。」

「原來如此。」

這也是她覺得不可思議的一點。除了對戰局有貢獻的部分人士，人造人大多只有代號，以號碼相稱。號碼一位數是攻擊型，十到十九號是槍擊型，二十號到二十九號是掃描型。聽見號碼，即可立刻知道對方的擅長領域。

本以為抵抗軍的士兵統統有名字，是因為所有人都立過功績，看來是蘿絲自己要取的。

「我想幫妳們也取個名字。」

聽見蘿絲的提議，索妮亞歡呼「好主意！」。二號急忙搖頭。

「拜、拜託別這樣！」

「為什麼？」

索妮亞歪過頭。

「那是，因為……太可惜了。」

「咦——？一點都不可惜呀？」

她不認為沒有立下任何戰功的自己，有資格被命名，更重要的是，名字要由司令部取，不是能隨便取的東西。

就算是擁有命名權限的人，也得先繳交申請書，在會議上得到承認，但她不敢跟蘿絲說。

該怎麼拒絕才好？

「等作戰結束再麻煩妳。」

情急之下脫口而出的，只是拖延時間用的藉口。即使如此，總比當面拒絕她來得好，至少不會害她們之間的關係變尷尬。

假如作戰結束時，二號和蘿絲都活著，非得當面拒絕她，到時再讓她罵個痛快吧……前提是她們要能活到那個時候。

「是嗎……」

蘿絲的語氣令二號嚇了一跳。被發現了嗎？「等作戰結束」這句話中，蘊含虛幻的希望。

「我會在那之前想個好名字。」

蘿絲結束了這個話題，二號放下心來。然而——

「欸欸欸，我也可以一起想嗎？我想想喔，二號給人的感覺是……」

索妮亞好像還想繼續聊名字，在二號於內心嘆息時——

「蘿絲！卡爾米雅和克蕾瑪琪絲來了！」

卡蓓拉與兩位陌生的人造人一同出現。

「卡爾米雅竟然會來，真難得。怎麼了嗎？」

「我們聊到新型，她們說想親眼看看。」

卡蓓拉回頭望向身後的兩人。其中一人用力點頭。誰是卡爾米雅，誰是克蕾瑪琪絲呢？

「妳就是新型嗎？」

忽然有人跟自己搭話，導致二號有些困惑，點了下頭。

「我是武器商人卡爾米雅，這位是祕書克蕾瑪琪絲。」

武器商人？買賣武器的人，照字面上的意思理解就行了嗎？可是，貨幣經濟成立是很久以前的事。她曾經聽說，在貨幣經濟崩壞的同時，商人這個職業也消失了……

「妳呢？」

「識別號碼二號。」

「名字是？」

竟然又扯回名字了，二號不禁怨恨起卡爾米雅的問題。她正準備回答「我沒有名字」，索妮亞從旁插嘴。

「她說等作戰結束要讓蘿絲幫她取。我也會一起想。」

本以為好不容易出現不認識的人，可以轉換話題，看來怎麼掙扎都無法逃離名字的話題。

但出乎意料的是，名字的話題到此中斷。因為一陣突如其來的尖叫。

「慘叫聲!?」

是愛莉加——沒等到這個人說完，蘿絲就飛奔而出。索妮亞和卡蓓拉則跟在後面。搞不清楚發生了什麼事的二號，也追了上去。

【12 08／10：23】

安妮莫寧不想見到任何人，便往感覺不會有其他人的地方、杳無人煙的方向走去。

只不過，愈是這麼想，通常就容易遇到人。這次也一樣。她不小心撞見二十一號、希恩、莉莉、四號。她們說要「巡視周遭」，所以在營地附近晃的話，巧遇也不奇怪。

這倒沒關係，是她太天真了。不過，之後十六號、達莉亞、愛莉加、瑪格麗特也出現了，她們剛汲完水回來。多麼不巧的巧合。好死不死，竟然一次撞見八個人。

安妮莫寧想實現「想一個人靜靜」這個渺小的願望，緩緩後退時，事情發生了。

「嗚……啊啊啊啊……啊啊啊啊啊啊啊！」

莉莉倒在地上猛抓喉嚨，愛莉加放聲尖叫。

「別碰她！」

安妮莫寧制止了想衝過來的二十一號，解除手槍的安全裝置。

「是汙染。」

除了四號和二十一號，所有人都拿起槍，這時蘿絲來了。她一眼就掌握了現狀。蘿絲用眼神對安妮莫寧示意，索妮亞和卡蓓拉也拔出手槍。

「妳們在做什麼！住手！」

二號衝到莉莉前面。又是這個天真的傢伙──安妮莫寧在內心唾罵。

「二號！別靠近她！是汙染！她在剛才那場戰鬥中感染了邏輯病毒。」

機械生物散播的邏輯病毒，會擅自竄改電腦內的資料，然後破壞人造人的自我，奪走義體的控制權。

「防護罩呢？沒有效嗎？」

十六號納悶地問。新型或許有，但她們可沒那種裝備。

「莉莉小姐！」

莉莉將毫無防備地接近她的二號扔出去。身體機能已經快被病毒掌控了，沒辦法防止，也沒辦法拯救她。方法只有一個。在汙染變得更嚴重，導致她失控前殺掉。

「等等！」

這麼吶喊的人，不是天真的二號。

「大家是家人對吧？是莉莉說的，妳們要對家人見死不救嗎!?」

二十一號擋在莉莉前面，達莉亞怒吼道：

「讓開！不然我連妳一起射！」

「我不讓！我沒辦法什麼都不做就放棄！」
「就是因為什麼都做不到，才只能出此下策！」
「做得到！我要除去病毒！」
「哪有可能——」
達莉亞的話沒講完。仔細一看，十六號的槍口，正抵著達莉亞的後腦杓。
「十六號，住手。」
蘿絲說。
「一旦遭到汙染，就無法恢復了。」
「閉嘴！二十一號說做得到，就是做得到！」
以她的聲音為信號，二號跟四號壓制住莉莉，動作毫不遲疑。
二十一號輕聲說道「開始重新編寫程式」，著手在終端機輸入。
莉莉的身體劇烈抖動。
四號大叫：
「什麼鬼，好恐怖的蠻力！」
莉莉試圖用右腳踢抓住她左腳的四號。安妮莫寧心想「危險」的同時——身體已經採取行動。
「安妮莫寧!?」

聽見蘿絲的聲音，安妮莫寧才發現自己扔掉手槍，抱住莉莉的右腳。四號說得沒錯，真是令人不敢置信的「蠻力」。

「鬼來了……不要啊！」

莉莉的聲音產生異常的雜訊，聲音機能也遭到汙染了。真的來得及嗎？

「我不是鬼！我會治好妳！」

莉莉的雙腳使勁一踢，彷彿在拒絕二十一號的聲音。糟糕——安妮莫寧這麼想的時候，被莉莉踢飛了。她沒時間護住身體，直接摔在地上，痛得叫出聲來。但她依然努力撐起身體。必須壓住莉莉，不然二十一號的作業會中斷。

她搖搖晃晃地起身，達莉亞和瑪格麗特已經壓制住莉莉。隊長——達莉亞用帶哭腔的聲音吶喊。

「我再也不想失去夥伴了！」

達莉亞也是，安妮莫寧也是，在場所有人都殺過被邏輯病毒感染的夥伴。在被害擴大前殺掉。除此之外，她們別無他法。

假如存在可以不必殺掉夥伴的方法，她們想在這上面賭一把。無論殺掉幾名夥伴，都絕對不會習慣，不僅如此，次數愈多就愈痛苦。假如有能逃離這痛苦的道路——

「可是……」

蘿絲大概也是這麼想的。只是因為她身為隊長，不能隨便下決定。

「蘿絲小姐！相信我們！守護夥伴不是隊長的職責嗎!?」

二號按著莉莉的肩膀大叫，表情突然僵硬起來。安妮莫寧想問「怎麼了」，卻感覺到自己也面色僵硬。不僅發不出聲音，連呼吸都有困難，肺部好像快被壓垮。

「重力攻……擊……」

達莉亞呻吟著說。她被莉莉甩開，摔在地上，維持同樣的姿勢僵在那邊。安妮莫寧也當場趴下，動彈不得。

「糟糕！敵人的能力移植過來了！」

該說不愧是新型嗎，四號的語氣與平常無異。跟她們這些舊型比起來，新型在更具壓迫感的重力下，應該也能行動。

「二十一號！還沒好嗎！」

十六號的聲音透出一絲焦慮。還差一點——二十一號拿出一塊小晶片。莉莉試圖甩開它。

「不可以！」

二號抓住莉莉的左腳。由於重力攻擊的影響，她站不起來。安妮莫寧也拚命爬向莉莉，抓住她的右腳踝。二號抓著她的左腳。只要奪走雙腳的自由，就能多少限制她移動……

「安裝資料！」

終於，二十一號繞到莉莉背後，插入晶片。那裡面八成裝了可以當疫苗的程式。

「求求妳！回來吧，莉莉！」

莉莉的咆哮蓋過二十一號的聲音，如同野獸的咆哮。二十一號抱緊仍在掙扎的莉莉，壓制住她。兩人糾纏在一起倒下。

疫苗沒用嗎？安妮莫寧這麼想的下一刻，身體變輕。重力攻擊停止了。

二號和蘿絲同時衝上前。蘿絲抱起莉莉，二號抱起二十一號。

「已從中樞神經除去病毒。強制重新啟動系統。」

二十一號呼吸有些急促，語氣卻很冷靜。冷靜到安妮莫寧覺得她大可高興一點。

「姊姊？」

莉莉錯愕地抬頭看著蘿絲，看來她並不記得自己身上發生了什麼事、自己剛才在做什麼。

「妳感染了病毒，是二十一號讓妳復原的。」

莉莉睜大眼睛，望向旁邊的二十一號。

「我不是說了嗎？一定會治好妳……」

她似乎消耗了不少體力，現在只是在故作鎮定。二十一號把頭靠在二號肩上，閉上眼睛。

「就說不用擔心了嘛。」

十六號略顯得意地說，達莉亞輕輕戳了下她的頭。

「妳也急得要命不是？」

「吵死了！想打架嗎！」

「啊？來啊！」

達莉亞跟十六號吵起架來，瑪格麗特無奈地說「又來啦？」。安妮莫寧看到這幅景象，不覺得有剛剛那麼煩人。

我不打算效法其他夥伴，和這些人打成一片，不過，必須認同她們——安妮莫寧心想。她們幫忙阻止了夥伴互相殘殺。那是無可取代的誠意的證明……

【1208／14：14】

平靜的午後。二十一號不知何時站到安妮莫寧身旁。

「妳不用休息嗎？」

「嗯，沒問題。」

新型的疲勞消除速度好像也比較快。

「其他人呢？」

「在跟蘿絲她們開會，討論明天早上的作戰行動。」

「噢，原來如此。」

從山頂的升降機前往地下的伺服器室的作戰，預計於明天早上開始執行。考慮到能力差距，戰鬥的關鍵在她們寄葉身上。

「怎麼了？發生了什麼事嗎？」

她在二十一號臉上，看見與疲勞不同的情緒。

「果然會累吧？」

「不，不是的……」

二十一號支吾其詞。安妮莫寧用眼神催促她繼續說。竟然在多管閒事，真不符合她的作風。

「我在想，掃描型在近距離戰能做的不多……派不上用場的人偶有存在價值嗎？」

噢，原來是這麼一回事。如果明天的作戰發生戰鬥，肯定會是近距離戰。通往山頂的路很窄，通往伺服器室的升降機也很小。二十一號想問的是，她會不會算不上戰力。

「妳跟我講這個啊。」

安妮莫寧對沒意識到這番話是在諷刺她的二十一號，回以明確的諷刺。

「對兩百年都無法對機械生物造成有效傷害的我。」

語氣下意識變得自嘲。她跟二十一號一樣，不，是比她更派不上用場的人偶。

「連死都沒辦法死，一直活著。活了兩百年。就算這樣，我還是想活下去。明明一點存在價值都沒有。」

「對不起，我沒有那個意思。」

「我知道。」

二十一號沒有惡意。沒有惡意的話語會變成諷刺，是因為那是事實。

「我們從突入平流層到降落的這段短暫期間，死了許多同伴。我卻還活著。生命的價值，是由偶然決定的嗎？」

「妳覺得愧疚？如果妳認為倖存下來是自己的罪孽，要贖罪很簡單。只要現在，立刻，在這裡去死就行。」

安妮莫寧將自己的手槍遞給二十一號，是帶有惡意的諷刺。

「我辦不到。為了死去的同伴……非得讓作戰成功。」

「那就別問了。」

不管是自己有沒有存在的價值，還是生存意義為何，都只有一條路可選。既然如此，這種答案顯而易見的事，就是個蠢問題。

「等到時機來臨，就算妳不想知道也會懂。」
「或許吧。不，妳說得對。」
二十一號搖搖頭，改口說道。安妮莫寧閉上嘴巴，她不知道還能說什麼。
她並不是在警戒寄葉。救了莉莉，讓安妮莫寧對她們的疑心消失了，反而因為可以不必再進行類似誘導審問的對話而鬆了口氣。簡單地說，她不擅長對話。無論是閒聊，還是收集情報。
因此，先打破沉默的是二十一號。
「卡阿拉峰山的景色空蕩蕩的呢。」
「一直是這樣。這裡什麼都沒有。」
她說了個小謊。過去，地上的一切都存在黑夜與白天的時候，聽說早上跟傍晚，能從這個地方看見染成紅色的天空及大海。只不過，那是地軸傾斜前的事，所以是很久很久以前。跟安妮莫寧她們初次降落地面時的那個「以前」不同。
「妳也一直是這樣嗎？」
四號從二十一號後面探出頭。她什麼時候來的？走到這裡，竟然沒發出半點腳步聲。
「什麼意思？」
「擺著一副無聊的表情的意思。跟這裡的景色一樣，什麼都沒有的感覺。妳一直是這樣嗎？」

「誰知道呢。」

真是個會想知道無聊小事的傢伙。

「我不記得自己以前是什麼樣子了。」

「人造人應該有固有的擬似記憶啊？」

或許是受到四號的影響，連二十一號都加入這個無謂的話題。安妮莫寧決定用

「我忘了」打發掉她們。

「咦咦咦？是不是腦部出了什麼問題呀？」

安妮莫寧感覺到自己垂下肩膀，她實在不擅長應付四號。

「妳們為何要纏著我？」

「因為有興趣。」

安妮莫寧轉過頭說「別管我了」。可是，四號毫不在意地繼續說：

「假如記憶統統消失，會變成不同的自己嗎？失去記憶，變成不同的自己，還

稱得上繼續活著嗎？」

「我沒有失去記憶。」

「什麼嘛，妳明明記得。」

「沒意義。」

「為什麼？為什麼覺得沒意義？」

「偽造的記憶有意義嗎？」

偽造品有什麼價值？不是實際發生過的事，所以跟親身體驗不同，沒辦法應用。

「記憶這種東西，是人工智能的累贅。」

「不過，人類很重視記憶。他們將其命名為『回憶』，把它當成寶物對待。人類的腦不是累贅。說不定只是我們不瞭解，真正的記憶確實有某種意義。」

安妮莫寧感到意外，原來二十一號也會說這麼感性的話。

「但死了就會消失。只不過是這種程度的存在。」

她想結束閒聊，試著讓語氣帶了點不屑。四號跟二十一號都沒有再開口。

【12 08／15：44】

「還有沒有缺什麼？」

「我看看，地雷吧。用得一個都不剩。」

「那次的爆炸嗎？這群人真的很愛亂來。對吧？克蕾瑪琪絲。」

從她們的對話可以得知，卡爾米雅和克蕾瑪琪絲在檢查武器跟彈藥的殘量。看來自己不小心走到了代替武器庫用的窪地。

二號壓低腳步聲，向後退去。要是被人知道她在沒大到哪去的營地迷路，未免太丟人了。然而，克蕾瑪琪絲接下來的話令她停下腳步。

「蘿絲怪怪的。」

「怎麼回事？」

「妳看。」

「嗯？數字是不是弄錯了？差了一位數吧。」

什麼東西「差了一位數」？明知偷聽是不對的行為，二號依然豎起耳朵。

「不，武器的訂購數量沒錯，所以我才覺得奇怪。」

二號也知道蘿絲跟卡爾米雅訂了武器，當時她也在場。只不過，她沒有連具體上的數字都知道，蘿絲只有說「等等傳清單給妳，之後就麻煩了」。

「雖然蘿絲不是第一天這麼亂來，妳不覺得這個量有點異常嗎？簡直像……」

克蕾瑪琪絲略顯猶豫地停頓了一下。

「簡直像什麼？」

「稱它為總體戰好了，簡直像要迎接最後一場戰鬥。」

「別亂說話。」

「可是……」

「總體戰？對機械生物？」

「看她的訂單，我只想得到這個可能。」

「她瘋了嗎？不對，是被騙了。被從月球來的使者。」

從月球來的？我們？二號下意識按住胸口。呼吸困難。不行。繼續待在這裡的話，會被發現……

她小心翼翼地退後，以免發出聲音。拉開足夠的距離後，立刻跑走。還是好難受，胸口附近傳來陣陣悶痛。

蘿絲準備迎接最後一場戰鬥？而且還是因為我們？不會的，蘿絲不是那麼輕率的人。克蕾瑪琪絲誤會了，大概。不然就只是杞人憂天。

不過，真的嗎？真的能這麼肯定嗎？我只是因為不想負責，才想否定克蕾瑪琪絲的推測吧？不對。不是的。蘿絲不會做出害大家暴露在危險中的選擇。訂那麼多武器，是因為多了我們四個。肯定沒錯……

她完全不知道自己跑到了哪裡。二號撞見二十一號，差點尖叫出來。

「二號？」

二十一號一臉疑惑。不知為何，莉莉也在她旁邊。

「呃……妳在這裡呀？」

「怎麼了嗎？」

二十一號很敏銳。二號無視她的疑問，面向莉莉。

「莉莉，身體沒問題了嗎？可以出來走路了？」

她微笑著說，但似乎是因為護目鏡遮住了眼睛，看不出來她在笑。莉莉躲到二十一號背後。

「莉莉？對不起唷，我沒——」

她想說「我沒有要嚇妳的意思」，卻說不出口。莉莉瞪著她，二號畏懼了。

「妳是二十一號的隊長沒錯，可是我的隊長只有蘿絲！」

莉莉話剛說完便轉身離去。

「二號，我之後再跟妳報告！」

二十一號追向莉莉。剩下搞不清楚狀況的二號，一個人被留在原地。「我的隊長只有蘿絲」這句吶喊刺進耳中。

「我知道。」

用不著其他人說，她也知道自己不是當隊長的料。但她沒想到會被抵抗軍成員說，而不是同為寄葉部隊的夥伴。也就是說，連外人都一目了然……

「隊長一職，對我來說果然太沉重了。」

二號感到有些疲憊，坐到地上。

『又在說喪氣話啦。』

她聽見懷念的聲音。有點想哭。

「我做不到。席德，我做不到……」

她從來沒有這麼想見席德過。想再見她一面。想跟她訴苦，向她傾訴不安……想被她斥責。

那個教導她許多重要的事的人。

【11941 11 15～】

「趴下！」

聽見怒吼聲的下一刻，她被推倒了。後腦杓被人按住，鼻頭埋進土裡。想要抬起臉的瞬間，聽見爆炸聲。熱風拂過背部。二號意識到自己要是沒趴下，早就被轟飛了，不禁不寒而慄。

「妳是白痴嗎？幹麼在這邊晃來晃去？」

迅速推倒二號的，一眼就看得出是舊型人造人。

「謝、謝謝，不好意思。」

「妳來幹麼的？」

「呃，那個……請問，這裡是哪裡？我迷路了。」

絕對會被罵「哪有會迷路的人造人」，搞不好會被罵是缺陷品。然而，回答她的是出乎意料的話語。

「哎，會迷路也很正常。」

「咦？」

「這裡是預設完全無法取得位置情報的實驗區。」

原來如此，二號鬆了口氣。她不知道自己走了多久，也不知道在往哪個方向走，差點哭出來，看來並不是因為自己能力不足。

「不過，妳怎麼進到這裡的？妳看起來不像受驗者，也不像相關人士啊？」

「這、這個……我迷路了。」

「啊？在這座狹窄的衛星基地內？」

她以為這次肯定會被罵，結果對方的反應再度出乎意料。她笑了出來。二號驚訝地凝視對方。

「妳喔，有人造人會說自己迷路嗎？」

「對不起……」

「我還以為妳在開玩笑咧，二號。」

對方又笑了。

「妳……認識我嗎？」

「嗯，我對妳們寄葉瞭若指掌。」

二號睜大眼睛。為什麼？還有，這個人是誰？

「我叫席德，是舊世代的實驗機。」

席德說她負責測試寄葉部隊的武器及裝備。原來如此，這樣的話不只二號，所有寄葉成員的資料都裝在她腦中吧。

「在這麼近的距離一看，真的跟人類一模一樣耶。」

「妳看過人類嗎!?」

「對啊。」

席德一副沒什麼大不了的態度，但對二號來說，看過人類可是「特別」到她想當場跟她下跪。

能跟月球上的人類見面的人造人是極少數。出入者太多，警備難度也會提升，因此看過人類等於被選上的人。思及此，二號便莫名興奮起來。

而且不只這樣。席德接著說：

「我跟人類一起生活，共同累積經驗，還跟他們上過戰場。」

「戰場!?妳去過地球嗎!?」

「只有三次而已。」

「好厲害！」

不是「只有三次而已」，是「高達三次」。席德經歷過三次在地上的戰鬥，是大前輩。不敢相信的是，這名大前輩如今就在自己眼前，直接與她交談。這股興奮感令二號打開了話匣子。

「我們下次也要去地球，我有點擔心……」

「喂喂喂，那是機密任務吧？」

「啊！對喔！」

她急忙摀住嘴巴。

「妳真有趣，有空再來吧。我希望有人陪我聊聊天。噢，不過，別進入實驗區喔？看妳這樣，有幾條命都不夠。」

語畢，席德又笑了。

「地球是藍的。」

席德說，這是人類初次從宇宙看到地球時說的話。她從別人口中聽說的。好像是跟她並肩作戰過的人類告訴她的。

「不過，降落地面一看，一點都不藍。放眼望去全是沙子的顏色。有種被騙的感覺。」

席德第一次降落地球，是在沙漠。她降落於沙塵暴的正中央，在滿身是沙的狀態下與機械生物交戰。

「結束跟機械的戰鬥後，人類叫我往上看。我心想『真是的，我全身是傷，想要快一點回去，叫我看上面幹麼啦』，往上一看……天空是藍的。」

沙塵暴停止了。頭上是廣闊無垠的藍天，沒有任何遮蔽物——席德懷念地說。

「從宇宙看見的地球，從地球看見的宇宙，都是藍色。明明兩者其實都不是藍色。有趣吧？」

然後，席德盯著二號的臉問：「還會不安嗎？」

「會。不過，也開始期待起來了。」

二號動不動就會趁訓練時的空檔來找席德。原因除了她叫她有空再來外，更重要的是，二號自己想見席德。她是「被選上的人」，擁有與人類共同作戰的經驗，卻對自己這麼親切。二號很高興。

她依賴著她，有時忍不住跟她訴苦，有時忍不住向她傾訴不安，可是席德從來沒有責備過她。她問她「又在說喪氣話啦？」的語氣很溫柔，眼神也總是帶著笑意。

這一天也一樣，席德一面修理義體，一面跟她分享在地上戰鬥的故事。義體有專門部門負責維修，不過席德都會自己修理，除非損壞得太嚴重。

她交換左大腿零件的動作，俐落到旁觀者都覺得暢快。

「席德小姐為什麼……」

「叫我席德就好，不必加小姐。」

她們的關係好像又變親近了一些，二號很高興。因此，她變得敢於詢問可能不太禮貌的問題，變得敢以好奇心為優先，不再顧慮那麼多。

「席德為什麼會答應幫忙測試新型裝備？」

「很奇怪嗎？」

「不是，我沒有那個意思。因為……那個，我聽說實驗機很辛苦。」

試用中的裝備問題很多，預設了各種狀況的實驗，會對義體造成相當大的負擔。而且，舊型人造人的強度，實在比不上寄葉型。講白了點，非常危險。她為何要答應？

「因為我本來早該退休了。」

事實上，席德的義體全是傷痕。也有用材質明顯不同的零件替換的部位，大概是原本的零件已經停產了。

「我將一切都留在戰場上。妳懂嗎？」

二號默默搖頭。說起來，她還沒上過戰場，所以連想像都無法想像。

「憤怒、悲傷、恐懼……連喜悅都是。現在的我一無所有。這空蕩蕩的腦中，什麼都沒有。」

席德低頭望向自己的手心。

「不過，只有觸摸武器的期間，能忘掉這些。即使這裡是虛假的戰場。」

為什麼呢？她的表情讓人覺得很寂寞。像席德這樣身經百戰的強者，明明不可能擁有寂寞這種感情。

「妳們在做什麼？」

是司令官。二號急忙敬禮。司令官看了看她們，微微歪過頭。

「席德，真難得，妳竟然在跟新型機交談。」

「她挺有趣的。」

「二號嗎？可是從能力上來看，她屬於毫無特長的平凡機體。」

對不起——二號縮起肩膀。如司令官所說，她每項能力都是平均值，是沒有可取之處的機體。那就是自己，二號有所自覺。

「平凡的機體啊，那也不錯。」

「咦？」

什麼意思？沒有任何優點的機體哪裡「不錯」？

「平凡代表所有的能力值都有成長空間。」

「成長空間……」

「也可以稱之為努力的餘地。每種能力都能靠努力及自己下的工夫提升。要提升哪種能力，全看妳自己。」

她從來沒這麼想過，她以為自己就是毫無可取之處的無聊機體。

「妳面前有著各種可能性。」

她覺得眼前突然亮起一整片的光。只不過，光芒實在太亮，對現在的她而言太過刺眼。現在……還太過刺眼。

「而且，知道自己平凡的人很強。」

「強？我嗎？」

「知道自己一個人做不了什麼，所以會去藉助同伴的力量。懂得信賴同伴、珍惜同伴。那就是平凡之人的力量。」

就算說她強，二號也沒有實感。席德見狀，點頭說「我想也是」。

「好吧，無妨。妳只要記住，同心協力就會贏。目前這樣就夠了。」

接著，席德對旁邊的司令官使了個頗有深意的眼色。

聽說席德死了，她無法相信。就算那是司令官親口說的。

她當場播放司令官交給她的訊息。因為她覺得自己被耍了。她相信席德一定會在訊息中笑著說「嚇到啦？抱歉抱歉」。沒錯，她相信。不是確信，只是相信。

『嗨，二號。妳還活著嗎？』

席德面帶笑容，與平常無異。看吧，席德活著。說她死了，果然是惡劣的玩笑……

『妳看到這段訊息，表示我已經不在這個世界上了。』

二號停止呼吸，她以為連心臟都會直接停止跳動。

『聽說人造人跟人類不同，沒有靈魂。這段訊息，就是我能留下的靈魂。』

騙人——自己的呢喃聲，聽起來很遙遠。

『人類因為機械生物的侵略，逃到月球，結果地球的大自然取回了原本的模樣。看到充滿綠意的地面，我甚至在想，會不會人類才是錯誤的存在？』

席德閉上嘴巴，彷彿在思考什麼，或是在試圖想起什麼，垂下目光。過了一段時間，她再度開口。

『最近，我在想，我跟人類相處過的記憶是真的嗎？假如那是虛構的記憶……我們到底在跟什麼東西戰鬥？我漸漸搞不清楚了。』

二號被迫想起席德說「現在的我一無所有」時的表情。不適合身經百戰的強者的寂寞表情，浮現腦海……

『二號，我不希望妳變成我這樣。請妳一定要找到生存的意義。』

生存的意義？她聽不懂席德說的話。她無法理解席德想表達什麼、席德在對自己說什麼。

因為，她怎麼講得像她們再也見不到面一樣？

『謝謝妳陪我聊天……再見。』

席德的身影消失後，二號依舊動不了。她很害怕，她覺得自己一有動作，就會有什麼東西隨之崩壞。

「這段訊息，是她死前拍下的。為了以防萬一。」

席德死了。她在腦中重複這句話，卻毫無真實感。

「發生了……什麼事？」

「實驗時發生意外，新型裝備出了問題。」

司令官所說的新型裝備，大概是指防磁外殼。席德之前說過，「這是為了保護妳們不受到ＥＭＰ攻擊的實驗」……

「那個人竟然死了，我無法相信！」

她本來想在執行完降落作戰後，第一個去見席德。想跟席德聊關於地球的事。從地上仰望天空，是什麼樣的感覺。踩在綠意盎然的大地上，是什麼樣的觸感……

「對了！沒有備用義體嗎!?自我資料的備份檔呢!?」

就算本人的身體沒了，只要有自我資料，應該就能安裝進備用身體裡，這樣就能再見到席德。二號如此心想，司令官說的話卻粉碎了她的希望。

「這是既定事項。」

「可是！」

「無法顛覆。」

「請您等一下！司令官！」

「就這樣。」

司令官根本不肯聽她說話，二號當場跪下。

「怎麼會……這樣未免太……」

只是要把自我資料的備份檔，安裝進備用的義體，司令官為何不允許？技術上的「死」是能夠避免的。理應如此。

「為什麼!?我不能接受！」

司令官已經不在她的視線範圍內。

「我不能接受……」

肩膀不受控制地顫抖，喉嚨深處湧上疼痛。二號在空無一人的走道上，放聲大哭。

【12 09／04：59】

我不能接受——在二號大叫前，十六號怒吼：「開什麼玩笑！」

『不允許派遣援軍。司令部希望各位以現有的戰力解決問題。』

從二葉的語氣中，感覺不到任何情緒。不曉得她有沒有發現，自己所說的話跟「去死」同義？

『敵人集中在與伺服器直接連接的升降機附近，請盡速移動到目的地。』

就是因為辦不到，才要求司令部派援軍過來。卡阿拉峰山中腹，被異常多的敵人淹沒。根據預測，機械生物在天亮前行動較為遲緩，於是她們選在這時執行作戰，敵人卻輕易推翻她們的預測。

出人意料的，還不只敵人數量。

「不行！找不到冷卻部位！」

達莉亞的語氣透出慌張及焦慮。之前的敵人只要打開熱感測器，瞄準溫度較低的部位攻擊就行。如今，她們卻無法在眼前這些敵人身上找到有溫度差距的部位。

「果然。我想他們在低溫的腦部裝置附近，放了斷熱材。」

二十一號皺著眉頭說。機械生物分析他們的攻擊，從中學習，採取對策……

「我們可不像妳們，待在安全的衛星軌道上！快給我派援軍過來！」

十六號用明顯聽得出在著急的語氣對通訊機的另一側怒吼。從通訊機傳來的，卻盡是完全不瞭解她們處在何種狀況下的回應。

『重複一次。請寄葉部隊將防衛工作交給當地的抵抗軍，迅速前往升降機。』

「要把抵抗軍當棄子嗎！」

達莉亞氣得臉紅。正常的反應。因為之前不管怎麼呼叫，司令部都毫無反應，卻在這種時候想使喚她們。

「請讓司令官跟我們說！我們要求司令官回答！」

跟通訊官沒什麼好說的。這樣下去別說破壞伺服器，在抵達升降機前就會全滅。

『這是司令官親自下達的命令。』

「怎麼會……」

二號啞口無言。第二次了——她難過地心想。之前要求中止作戰時，司令部也什麼都沒說明，直接駁回。這次也沒給出任何理由，只會說「不行」。

沒有「技術上辦不到」、「時間來不及」這種任誰來看都一目了然的理由，司令部卻連一根手指都不肯動。這就是司令部的作風嗎？

司令官到底在想什麼？

席德那時也是。只要司令官一個命令，席德的死就不會成為既定事項……

「這邊交給我處理！大家先走！」

莉莉的聲音令二號回過神。她大大張開雙臂，阻擋在敵人面前。機械生物亮著紅光的眼睛，同時盯上莉莉。

「危險！」

二號心想「必須阻止莉莉」的瞬間，四肢變得沉甸甸的。她因此想起昨晚二十一號的「報告」。

「對不起！我還沒辦法微調能力！」

莉莉維持展開雙臂的姿勢大喊。動彈不得的不只二號和抵抗軍成員，機械生物群也停止動作，彷彿凍結似的。

「這難道是!?」

二號知道答案。

「重力網！莉莉現在可以使用敵人的能力！」

二號撐著快被重力壓得坐到地上的身體，說出二十一號說過的話。

昨晚，莉莉留下一句「我的隊長只有蘿絲」後，二號抱膝坐在營地的角落。她沮喪到讓人覺得窩囊的程度，直到二十一號來跟她解釋。

二十一號先用「剛才莉莉情緒不穩，所以才會這麼失禮」當開場白，告訴她近一小時前發生的事。

『我碰巧看到莉莉使用重力網。』

『怎麼回事？莉莉為什麼會用那個？』

『邏輯病毒會占據遭到汙染的機體，操控它攻擊同伴。大多數是靠強制解除汙染機體的限制器，提升近距離戰鬥能力，但我推測，莉莉感染的邏輯病毒可能是將自己的能力複製到汙染機體上，以此為攻擊手段的類型。或者是邏輯病毒判斷以莉莉的運動能力，解除限制器也沒用，便選擇用自己的能力攻擊。』

『等、等等，對不起，我的腦袋跟不上。』

『簡單地說就是，莉莉現在可以使用敵人的能力。』

『好厲害！』

『前提是要能操控自如。』

然後，二十一號說莉莉叫她不能告訴別人，所以務必要保密⋯⋯

「好厲害！那些傢伙不能動了！」

話剛說完，四號就用力跳了一下。大概是因為重力的負荷突然消失。二號也因為反作用力的關係，差點一屁股坐到地上。

「好了！」

莉利用雙臂畫了個大圓。二號她們能動了，敵人卻還僵在原地。學會操控重力網的莉莉，露出得意的笑容回過頭。

「趁現在去升降機！快點！」

可是，莉莉的能力只是靠重力絆住敵人，並非破壞。因此，以封住敵人的行動為代價，莉莉本人也不能動⋯⋯意思是——

蘿絲彷彿看穿了二號在想什麼，用力搖頭。

「不能把妳留在這！」
重力網的可持續時間不明，但她認為應該撐不了太久。一旦重力的負荷消失，現在不能動的機械生物，也會重新動起來。到時莉莉會一個人留在敵陣的中心。
「沒關係！我想幫上大家的忙！」
莉莉直盯著敵人。挺直背脊站在那邊的模樣，散發出堅定的意志。
「我是個膽小鬼，派不上用場的膽小鬼。可是，大家救了我，願意叫這樣的我回來。所以，我想幫上大家的忙！」
達莉亞說著「拿妳沒辦法」，走到莉莉身旁。
「支援什麼的統統交給我吧。」
達莉亞要留下的話，我也要──瑪格麗特跟在後面。
「那我也要留下。」
十六號轉身面向二號，向她敬禮。
「寄葉部隊槍擊型十六號，從此刻開始，與抵抗軍一同執行卡阿拉峰山的防衛任務！」
「可是，十六號……」
「二號──不，隊長。回去後，去踹司令官的屁股一腳吧。」
十六號用開玩笑的語氣說。

「而且，要把防衛任務交給達莉亞這白痴，我超不安的。」

妳說誰是白痴——達莉亞回過頭。

「想打架嗎！」

「來啊！」

達莉亞和十六號笑著鬥嘴。這樣就有兩名負責近距離戰鬥，兩名負責遠距離攻擊。話雖如此，以這個人數也不知道撐不撐得住……

「我反對，分散戰力伴隨風險。」

達莉亞大聲打斷蘿絲說話。

「所有人都在這裡停下來，作戰就無法執行了！蘿絲隊長，請您讓我放手去做！」

這麼說也有道理。既然不能把希望放在援軍身上，需要一個突破口。這樣下去會全滅，二號也這麼認為。另一方面，讓少數戰力分散有風險也是事實。分成兩隊的話，搞不好最後會變成兩隊都應付不了敵人。

兩者都有危險。既然如此，身為隊長，該選哪一個方案……

蘿絲很快就做出決定。

「我明白了。那麼，我們分成兩隊進軍。」

如果自己是該做決定的那個人，肯定無法決定得這麼快。她可能會還在猶豫，差點哭出來。不過——二號心想，蘿絲跟自己得出的結論一樣。只要有可能性，就要賭一把，不管是多小的可能性。

而且，她不想讓莉莉想幫上忙的心意白費。她體會過覺得自己只不過是累贅的自卑感，很能理解莉莉的感受。想幫上夥伴的忙。若有那個機會，她絕對不想讓它白費。

「二號，妳沒意見吧？」

「是！」

二號望向四號及二十一號。兩人同時點頭。二號對十六號回敬一禮，追上蘿絲。

【12 09／06：01】

升降機室很冷。位在山頂，自然有一定的高度，因此氣溫低是正常的，但這裡比想像中還冷……很適合當成通往冥府的入口。

這樣想真不符合我的個性。安妮莫寧驅散腦中的想法。

「蘿絲？怎麼了？」

索妮亞小跑步到蘿絲前面，抬頭看著她的臉。經她這麼一說，蘿絲的表情從來沒有這麼僵硬過。

「果然不該留下莉莉她們……」

蘿絲正準備回頭，二號阻止了她。

「等一下！」

二號阻止別人的情況，不知道是第幾次了。她明明性格溫順，只有這種時候會變得很敢說。

「莉莉說想幫上大家的忙！她不是留下來當棄子的！達莉亞也是，瑪格麗特也是，十六號也是，大家都在奮戰！要是我們現在回頭……」

二號顫抖著的聲音到此中斷。看她在猶豫該不該把話講完，果然是個天真的孩子——安妮莫寧心想。不過，這樣就好。之所以能那麼天真，是因為沒有被人背叛的經驗。遭到背叛的痛苦與絕望，最好還是不要知道。一本正經又是個濫好人，二號維持這樣就好。

「我明白了。」

蘿絲沉痛地回答，靠在旁邊的岩石上，盯著升降機的門。

莉莉她們會死在那裡。誰來看都是顯而易見的事實。經歷過無數次的，同伴的死。

『我想幫大家取名字。我們是一家人。既然如此，用名字互稱才正常吧？』

蘿絲講出這句話時的表情，安妮莫寧至今仍然記得很清楚。是硬扯出來的笑容，聲音像在隨風晃動般顫抖著。

腳邊是疊起來的屍體。被病毒汙染的同伴。那天一次失去了五名同伴，巧的是，她們的代號是連號。

一直以來，每少一個號碼，她們都會受到悲傷及挫折感的折磨。數字是殘酷的，會逼迫她們面對失去的夥伴有多少，無法逃避。

一次消失了五個號碼。這段空白及她們所挖的深不見底的洞穴，會帶來多劇烈的痛苦？

『好棒！跟人類一樣！』

『那我要叫隊長姊姊！』

在場所有人都表示贊成。她們選擇不去正視通往殘酷未來的倒數計時。

沒錯。她早就知道了。總有一天，大家都會消失……

「怎麼了？二十一號。」

二號疑惑的聲音將安妮莫寧拉回現實。二十一號繃著臉蹲在升降機前面。由於她的臉有一半被護目鏡遮住，實際上只看得見扭曲的嘴角。不過，她有種非常不祥的預感。

「之後只要移動到伺服器室就行……照理說是這樣，但升降機無法啟動。」

「為什麼？」

「敵人做了防護措施，不解除防護鎖就到不了最下層。」
「怎麼會……」
「別擔心。駭進去就行了。小事一樁。」
二十一號笑著開始操作終端機。安妮莫寧突然覺得不對勁。真的是「小事一樁」嗎？那麼，她剛才蹲在升降機前為何繃著臉？
「看，很簡單。」
升降機的門開啟，一行人紛紛走進去。安妮莫寧也跟在後面。二十一號卻沒有動。懷疑轉為確信。
「各位先走吧。」
「為什麼!?妳也一起……」
「我很想，可是中斷操作的話，升降機會在途中停住。我必須留在這裡繼續駭入系統，直到升降機抵達最下層。」
二十一號講話的速度很快，安妮莫寧衝出即將關上的門。
「我留在這！大家先去伺服器室！我負責支援二十一號！」
「好！拜託妳了！」
生鏽的門，隔開了蘿絲的聲音及二號睜大眼睛的臉龐。不久後，四周變得一片靜寂。

「從什麼時候開始的？」

安妮莫寧緩緩將槍口指向二十一號。

「妳知道了……嗎？妳這種直覺敏銳的部分，我並不討厭。」

「不是憑直覺。是看出來的。因為我看過好幾個這樣的人。」

二十一號的身體不自然地搖晃著，那是感染邏輯病毒時特有的運動障礙。

【12 09／06：20】

下降的感覺伴隨輕微的震動持續著。不過，由於這臺升降機是舊型，速度慢到令人心焦。

「不曉得安妮莫寧是不是還平安。」

卡蓓拉喃喃說道。二號回答「放心」。

「升降機在運作，我想她們兩個都還沒事。」

二十一號說，不繼續駭入系統，升降機就會停住。她們正在往最下層移動，就是兩人的生存證明。

「可是，二十一號被汙染了。」

聽見索妮亞這句話，二號及四號面面相覷。

「我知道。因為我看過很多這樣的人。」

「看過？」

卡蓓拉代替索妮亞回答：

「遭到病毒汙染的人造人，運動中樞都會出問題。動作會變得不自然……」

這時，她和愛莉加四目相交。

「怎麼會——」

二號還沒說完，愛莉加就移開目光。愛莉加也發現了……這樣的話，安妮莫寧肯定也知道。因為安妮莫寧看過的遭到汙染的人造人數量，理應跟索妮亞和愛莉加一樣。

「所以她才說要留下……」

四號悲傷地說。就在這時，宛如地鳴的聲音響起。索妮亞的視線不安地游移著。

「這個聲音是？」

二號讓護目鏡顯示熱源反應。看見熱源的位置情報，二號整個人慌了。是莉莉、達莉亞、瑪格麗特所在的地方。還有另一人。

「十六號……！」

溫度也好，規模也罷，都不是單純的爆炸。腦中閃過「會不會是融合爐失控了」的猜測。

「得趕快回去！這樣下去，十六號跟二十一號會——！」

二號衝向升降機的操作盤。這時，後頸突然被人抓住，將她拽回來。

「妳在做什麼！放開我！」

蘿絲卻抓著她的領口，把她壓在牆上。

「是誰決定要把她們留下的!?」

「可是！」

「妳應該也很清楚！」

剛才阻止蘿絲回去的是二號，現在換成蘿絲在阻止她。因為她們明白……蘿絲也是，二號也是。

沒錯，理智上明白。十六號讓融合爐失控，試圖殲滅敵人，莉莉、達莉亞、瑪格麗特想必選擇了同樣的命運。二十一號被病毒汙染，依舊繼續駭入系統，安妮莫寧則為了殺掉二十一號而留下。要是在這邊回頭，她們的所作所為會統統白費。

「可是，這樣太悲傷了……」

「二號。」

四號把手放到她肩上。

「妳不想戰鬥嗎？」

如果講出「我不想戰鬥」，會有多輕鬆啊。她一直很不擅長戰鬥。身為士兵，卻發自內心覺得如果能不用上戰場就好了。但她不能說這種話。

「四號，妳不難過嗎？」

「難過呀。可是我們不得不戰鬥。那就是我們存在的理由。」

「是沒錯。」

不想給夥伴添麻煩，不想扯夥伴後腿。她僅僅是懷著這個想法，一路戰鬥過來。訓練也是，上戰場也是。一切都是為了夥伴，夥伴們卻接連離開，這令她非常難過。

「為什麼我們擁有『難過』這種情緒？明明是人造人。」

「是為了應對、適應各種狀況。因為沒有尖牙、利爪、翅膀的人類，是靠擁有多樣性才在生存競爭中取勝，強大起來。我們是模仿人類做成的——這是我在很久很久以前，聽見的解釋。」

還在衛星軌道基地的時候——卡蓓拉說。

「不過，這樣不是很矛盾嗎？」

四號從旁插嘴。她還是一樣把護目鏡斜著戴，所以眼中的情緒看得很清楚。二號知道四號會在什麼時候露出這種眼神。

「矛盾？什麼意思？」

四號面向疑惑的希恩，接著說「因為」。二號見狀，心想「果然」。四號想扯開話題，避免二號鑽牛角尖。

「因為，我們是為了做人類做不到的事才創造出來的。殲滅機械生物，這是人類做不到的事對吧？」

對啊——希恩點頭。

「確實如此。如果愈像人類愈好，那維持人類之身就行了。可是，我們必須做人類做不到的事……」

「真的耶，矛盾了！」

升降機以同樣的頻率持續震動，離最下層還很遠。卡蓓拉開口說道。

「人類應該是覺得，這個矛盾之處會推翻邏輯吧。例如我們的擬似記憶。」

想扯開話題的不只四號。大家都在尋找在這個封閉的空間中不會使人緊繃的話題。

「偽造的記憶嗎？」

蘿絲的眼角浮現笑意。由此可見，她的擬似記憶是幸福的記憶。

「蘿絲本來是男生喔。一名父親是軍人的少年。」

索妮亞也開心地笑著，大概是聽說過蘿絲的「少年時代」。四號羨慕地說：

「好好喔。我只是個穿水手服的平凡女學生，叫做『女高中生』的那個。我只記得每天都在跟朋友做蠢事。」

「妳那個好多了，我可是被霸凌的孩子的記憶。」

卡蓓拉嘆了口氣。二號心想，跟她比起來，自己的擬似記憶已經算幸福了。

那是在鄉下跟祖母一起生活的記憶。溫暖又和平的記憶。雙親很早就過世了，她跟祖母兩個人住在一起。她記得自己每天都會下田，記得土的觸感與草的氣味。

「我只有在戰場上長大的記憶。父母被殺，還是個小孩卻被逼著拿槍。」

愛莉加目光憂鬱地說。希恩點頭附和「我也是」。

「莉莉好像也是，她一直忘不了悲傷的記憶。」

索妮亞這句話，使二號想起莉莉說過「我是個膽小鬼」。莉莉比一般人更膽小，八成是因為那段記憶。

「我也是喔。我也一直是一個人，很難過。不過，現在我是蘿絲的妹妹，我跟莉莉都是蘿絲的妹妹。那才是真正的回憶。所以，我現在並不難過。」

誰都知道擬似記憶是假的。可是，本人無法區別。因為擬似記憶浮現腦海時，跟真正的記憶一樣——不對，比真正的記憶更加鮮明。

對二號來說，並不是令人不快的記憶，但也有人並非如此。也有人被迫背負只是沉重負擔的記憶，為此所苦。只為了讓她們「像人類」。

「我們一起度過的時間，會覆蓋掉虛假的記憶。藉由分享喜悅及悲傷，慢慢累積起真正的記憶。」

蘿絲輕輕撫摸身旁的索妮亞的頭。二號理解了，這就是「姊姊」。那雙溫柔的手，是蘊含守護家人的力量的手。正因為像人類，才有那雙手。

「如果——」

四號輕聲說道。

「雖然機械生物沒有感情，也沒有回憶，如果他們學習了……」

機械生物沒有感情，一無所有，只會默默執行伺服器傳達的命令。倘若他們萌生感情，學會為夥伴著想，學會保護夥伴，不是會變得比之前的任何敵人都還要恐怖嗎？

這個預感令二號不寒而慄。

【12 09／06：30】

正在操作終端機的二十一號，手指顫抖著。汙染速度比想像中還快。

「妳不是能除掉邏輯病毒？只要跟莉莉那時候一樣，自己除去病毒……」

「我很想這麼做，但敵人似乎也進化了。他們學習我的行為模式，產生了抗性。」

「我想也是。除得掉的話，妳早就動手了。抱歉，問了無意義的問題。」

「不會。」

二十一號回答的聲音很微弱。

「幸好妳願意留下。等升降機抵達最下層……」

「嗯。」

安妮莫寧點頭。

「我會確實地殺了妳。」

二十一號吐出一口氣。聽起來像放心，也像在忍受苦痛。或許兩者皆是。

無論如何，二十一號能保有自我的時間應該不多了。首先出問題的，是平衡感。要等到汙染非常嚴重的時候，四肢末端的感覺才會受到影響。

所剩無幾的時間，正在一點一滴流逝而去。升降機所在的樓層遲遲沒有改變。

假如必須在升降機抵達最下層前，殺了二十一號……恐懼令安妮莫寧焦躁不已。

「還沒好嗎？還沒到最下層？」

「等一下。快了。真的，快到了。」

二十一號的手指忙碌地動來動去。呼吸急促。肯定連靜靜坐在這裡，都會給她帶來痛苦。與此同時，安妮莫寧覺得有辦法推測出這一點的自己很可悲。她一路上見死不救的同伴，已經多到讓她光看動作及表情，即可掌握汙染程度。

「到了。」

二十一號的手離開終端機。她用那雙手取下護目鏡。二十一號緩緩睜開眼睛。

「喂，妳的眼睛……」

安妮莫寧啞口無言。二十一號的雙眼已染成鮮紅，是汙染的末期症狀。虧她有辦法在這種狀態下操作終端機。就算她早就失去控制都不奇怪。想必她是憑藉必須撐到將二號她們送到伺服器室的決心，才能撐到現在。

「麻煩妳了。趁我還是我的時候下手。」

槍口指向二十一號。安妮莫寧費了好一番心力，才控制住手部的顫抖。

「沒有遺言嗎？」

二十一號的嘴角勾起扭曲的弧度，露出笑容。試圖露出笑容。

「就算我留下遺言，又要傳達給誰呢？」

「我可以聽妳說。即使之後馬上就會死。」

「……很高興能遇見妳。這段記憶是千真萬確的。謝謝。」

「知道了。」

「來吧，快點！」

安妮莫寧默默扣下扳機，熟悉的後座力傳達到手掌。二十一號的身體飛向空中。安妮莫寧覺得自己看見她嘴角的笑容。曾經是二十一號的物體，發出碰撞聲掉在地上。

「我也會馬上過去……」

莉莉、達莉亞、瑪格麗特、十六號，都已經死了。二十一號告訴她，剛才發生了融合爐失控引起的爆炸。熱源反應有四人份，推測是出現了不祭出這個手段，就打不倒的新敵人。

蘿絲她們也是，不曉得有幾個人能活著回來。也有全滅的可能性。不如說，全滅的可能性較大。伺服器室是太平洋全域的關鍵，敵人不可能不做防護措施。

安妮莫寧拿槍抵著太陽穴。之後只需要扣下扳機，閉著眼睛也辦得到。沒錯，毫無難度……

動不了，拿槍的手像僵住似的停止動作。手指沒辦法放到扳機上。喘不過氣。冷汗噴出。動不了。眼前景象不自然地晃動著……腳在發抖。

「為什麼……！」

她硬是驅使彷彿控制權被奪走的手臂動作。槍從手中掉了出來。槍聲響徹四周。安妮莫尼狼狽地跪倒在地。她發現槍不是掉出來，而是她下意識扔掉的。

安妮莫寧把手撐在地上喘著氣，無法呼吸。明明不會冷，身體卻顫抖不已。

「真是太難堪了……」

一路以來殺了那麼多夥伴，輪到自己時卻怕成這樣。扣下扳機。就這麼一句話，明明只要一個動作。

「該死！」

安妮莫寧從二十一號的屍體身上，拿走可以當成武器用的東西。她自嘲地說過自己在戰場上能做的不多，確實沒什麼派得上用場的東西，頂多只有只能拿來自盡的小口徑手槍及小刀。

她將二十一號的手槍與小刀插進皮帶。撿起自己的槍，衝到升降機室外面。

既然無法自殺，讓敵人殺掉就行。她當然不打算輕易被殺，要盡量多帶一些敵人一起上路。

「混帳東西！我在這裡！殺得了我就試試看啊！」

安妮莫寧大吼著，殺進敵陣的正中央。

【12 09／06：39】

最下層比山頂的升降機室更冷，充滿鐵鏽及灰塵的味道。不至於一點光都沒有，但光線微弱到走路時需要留意腳下。

「那是什麼？」

走在最前方的蘿絲停下腳步。二號也定睛凝視蘿絲所指的方向。

「人……？」

蘿絲緩緩走向那裡。走近一看，那個輪廓確實是人類的模樣。身材嬌小，穿著下襬寬大的衣服。

「紅色的衣服？女孩子？」

有兩名少女。兩人都穿著同樣的衣服。連身短裙。在暗處都能明顯看出來的鮮紅色。

四號用罕見的低沉聲音喃喃說道：

「那兩位紅衣少女……看起來，不是一般的女孩子。」

至少不是人類。完全感應不到生體反應，再說，地上一個倖存的人類都沒有。

『歡迎。』

說話了——某人驚呼道。明明擁有人類的外型，講起話來卻讓人覺得不對勁。像是人工物的刺耳聲音。兩位紅衣少女就是如此不自然的「東西」。

『我們是機械生物的終端機。』

『仿造妳們的模樣製成的。』

她們需要短暫的時間，才能理解紅衣少女說了什麼。機械生物。終端機。這兩個詞實在很難跟紅衣少女的模樣連結在一起。

「要、要通知司令部……」

聲音卡在喉嚨。四號比支支吾吾的二號更快地對通訊機大叫：

「司令部！請回答！司令部!?」

通訊機沒有反應。四號換了好幾次頻率，甚至切換成雷射通訊，卻沒有回應。
『不會有人回應的。我們干擾了通訊。』
『因為我們想慢慢跟妳們談。』
紅衣少女們像在跳舞似的，原地轉了一圈。
『我們一直在等妳們來。』
『我們一直在守望妳們。』
兩人以左右對稱的動作歪過頭。右邊那名少女往右歪頭，左邊那名少女往左歪頭。動作十分做作，令人不快。
『為何要那麼努力？』
『為何要一心尋死？』
講什麼鬼話──蘿絲怒吼道。
「還不是因為妳們!?還不都是因為妳們從人類手中奪走了地球！」
少女們沒有回答，咯咯笑著。
『妳們只是為了送死而活著。』
『為了送死才被派到地面。』
二號想蓋過少女的說話聲，大聲說道：
「不是的！我們是來戰鬥的！不是為了送死而活著！」

少女們不屑地嗤之以鼻。

『明明人類拋棄了妳們？』

『明明人類把妳們用完就丟？』

四號突然拔出軍刀砍過去。

「吵死了！」

這聲怒吼，完全無法跟平常的四號聯想在一起。顯然是在氣昏頭的狀態下揮刀的。或許是因為這樣吧，少女們不費吹灰之力就閃開了。

『我駭入妳們的伺服器，掌握了真實。』

『是非常重要的事，小心別聽漏喔。』

『寄葉部隊是做為實驗兵器投入戰場的。』

『司令部事先安排了計畫外的戰鬥及嚴峻的狀況。』

『司令部的目的是使用實驗資料，製造完成度更高的自動步兵人形。』

『結果如司令部所料。』

『倖存者只有妳們。』

二號握著即將出鞘的刀，僵直不動。

「這些傢伙……在說什麼？」

司令部不允許她們終止作戰。也不願派出援軍。連理由都沒說，只會駁回她們的要求。

『這樣妳們還是要戰鬥嗎？』

『這樣妳們還是要抗爭嗎？』

二號無法接受司令部的做法。她一直覺得很奇怪。無論她如何否定，某個疑惑都在腦海揮之不去。仔細一想，這個疑惑從席德死去的那個時候開始，就一直存在。

「司令部，一開始就打算把我們……」

司令部是不是一開始就打算把寄葉部隊當成棄子用？席德的死之所以成了既定事項，是不是因為她對寄葉部隊投入了太多感情？還是說，席德自己也是共犯，她之所以對二號那麼溫柔，是為了贖罪……

「二號！別被騙了！沒人知道她們說的話是真是假！」

四號的聲音令她猛然回神。

「別讓我們活著來到這裡的意義白費！」

聽見蘿絲的聲音，二號重新握好刀。在抵達最下層的過程中，她們究竟失去了多少同伴？要是忘了這個，哪還有臉見她們。

現在只需要執行自己的任務。之後再去探究真實位於何處即可。

『那妳們就試著戰鬥吧。』

『跟這孩子。』

過來——少女們招招手。理應空無一物的地方浮現輪廓，彷彿是被人拿筆畫上去的。是機械生物。比她們遇過的任何一臺機械生物都還要巨大的身體上，長著八隻腳。模樣只能以醜陋形容。

「到底是從哪裡……」

敵人沒有給她們繼續思考的時間。機械生物行動起來。他按照順序使用彎成「く」字形的腿部移動，動作十分獨特，速度卻異常快速。二號腦中響起警鈴。

她反射性打開熱感測器，沒看到有溫度差的部位。果然是從抵抗軍的戰鬥方式中學習，進化而成的類型。

蘿絲拿起劍。

「打倒他！」

卡蓓拉、希恩、愛莉加同時回答「是！」往旁邊一跳，散開後一同發動攻勢。她們三個是第一隊，蘿絲和索妮亞是第二隊。接著是二號及四號。

二號知道這個敵人不好對付。出沒於地面的機械生物，每一臺裝甲都硬得不得了。跟訓練時設定的強度截然不同，而且還是弱點不明的個體。

不僅如此。以八隻腳爬行的敵人，突然做出撐起身體的動作。下一刻，他用六隻腳站起來，剩下兩隻前腳則像手臂似的舉起，朝她們襲來。

「各位，快躲開！」

兩隻前腳揮下。前端深深刺進地板。而且，換成用六隻腳移動並未影響他的速度。敏捷的動作，加上堅硬的裝甲，以及出乎意料的攻擊力。

該怎麼打倒他？更重要的是，能躲到什麼時候……第一次在地上跟敵人交戰時的絕望，鮮明地重現。

「這傢伙好強！」

愛莉加在背後大叫，聲音聽起來都快哭了。卡蓓拉及希恩呼吸急促。得快點解決掉他——二號急了。戰鬥拖得愈久，愈會折磨蘿絲她們。兩百年前製造的機體強度可想而知。就像席德。實驗結束後，她總是在修理義體……

「不要啊啊啊啊！」

愛莉加——希恩大喊，接著傳來的是慘叫聲。

近在耳邊的慘叫，是出自二號自己口中。那醜陋的前腳，一擊打爛了愛莉加的左半身。紅色液體飛濺。一眼就看得出是當場死亡。

機械生物的身體突然蹲低。這次又是哪種預備動作——腦中浮現疑惑時，敵人已經從眼前消失。

「跳起來了!?」

轉瞬間，機械生物用彷彿沒有重量的動作跳躍。

「卡蓓拉！」

根本連阻止的時間都沒有。卡蓓拉的脖子歪向不符常理的方向，機械生物降落在地，同時用前腳攻擊希恩。

杵在原地的希恩束手無策，就這樣被打倒。跟大腿一樣粗的腳貫穿她的身體，應該連感覺到疼痛的時間都沒有。

還沒結束。機械生物張開八隻腳，覆蓋住愛莉加她們的屍體。彷彿要將其壓爛。

「混帳東西！」

蘿絲舉起劍。四號抓住她的手臂。

「等等！情況不太對勁！」

機械生物重新開始行動的同時，理應已經死去的愛莉加她們也站了起來。並不是還活著。心臟被壓爛、脖子被折斷、胸部開了個大洞的人，不可能活著。

三人的身體一面不自然地晃動，一面走過來。是二號也有印象的動作，像隨風搖曳似的不規則晃動。

「遭到……汙染了嗎。」

她的語氣一副隨時會哭出來的樣子。蘿絲也發出這種聲音的驚訝，帶來了深沉的絕望。愛莉加、希恩、卡蓓拉都一語不發。沒有說話也沒有表情，只是默默走著。

卡蓓拉嘆著氣說「我可是被霸凌的孩子的記憶」。愛莉加目光憂鬱地說「我只有在戰場上長大的記憶」。希恩點頭附和「我也是」。離這段對話還過不到一小時。

「住手——！」

索妮亞哭著坐到地上。愛莉加她們的動作變了。從緩慢的步行，轉為敏捷的跳躍。三人盯上了索妮亞，不曉得在什麼時候拿起了小刀及槍。

「危險！」

二號想阻止她們，卻束手無策。機械生物直線朝二號跟四號襲來。不久前還是七人對一臺，這樣都應付不來了，現在卻連三名同伴都變成敵人……

二號聽見蘿絲的呻吟，接著是索妮亞的尖叫。她一邊閃躲機械生物的攻擊，邊往那邊看過去。

蘿絲擋在索妮亞面前。卡蓓拉手中的小刀，深深刺進她的胸口。從位置及深度來看，一眼就看得出是致命傷。兩位紅衣少女發出刺耳的笑聲。

『傷得很重。』

『妳沒救了。』

愛莉加也拿刀走向蘿絲和索妮亞。

「開什麼玩笑……！」

蘿絲的聲音像在吐血一樣。不過，到此為止了。她看見索妮亞當場倒地。

「姊姊……對不起……」

愛莉加的小刀割斷索妮亞的脖子。蘿絲在旁邊跪到地上。

「沒關係的，索妮亞。」

蘿絲抱緊索妮亞。

『妳的行為是無意義的。』

『妳的犧牲果然是白費的。』

蘿絲站起來，雙腿打顫，大概是在擠出所有剩下的力氣。

「我……有了生存的意義。」

她拖著腳，走向兩位少女。

「妳們擁有生存的意義嗎……！」

那是她的遺言。在刀刃砍中少女前，蘿絲就斷氣了。

『為什麼要戰鬥？』

『為什麼要送死？』

語氣輕浮無比的少女們，令二號燃起強烈的殺意。想一刀砍了她們，她從來沒有這麼憎恨機械生物過。

「啊啊夠了！煩死了！區區終端機少給我提問！」

二號還沒採取行動，四號就飛奔而出。
『有希望嗎？』
『贏得了我們嗎？』
『為什麼要白費工夫？』
『為什麼不放棄？』
「吵死了！吵死了！吵死了！」
從她亂砍一通的動作，看得出四號失去了判斷力。她在怒氣的驅使下揮刀，所以漏洞百出。二號從來沒看過四號如此憤怒。她著急地心想「我得支援她」，卻被機械生物絆住，無法如願。
如果我有力量就好了，她心想。我想要能守護同伴的力量，她發自內心心想。可是，自己擁有的只有「平均值」這個不好不壞的現實……
二號從前腳的攻擊下逃離，拔足狂奔。
「四號，我現在就過……去……!?四號!?」
四號同時遭到愛莉加三人的攻擊，倒了下來。二號以為這次會換成攻擊自己，可是並沒有。紅衣少女招招手，三人便同時離開四號。從來沒停止攻擊的機械生物，也回到紅衣少女身旁。
是想給她們道別的時間，還是想欣賞二號抱著四號哭的畫面……

怎樣都無所謂。二號衝向四號，抱起傷痕累累的身體。

「四號！振作點！」

「對不起，二號……我是不是沒派上用場？」

「怎麼會！我才是……我才是……把大家都捲了進來。」

提議與抵抗軍聯手的不是其他人，就是二號。十六號打從一開始就不贊成，二十一號也說如果對方不願意幫忙，就由她們四個執行作戰。四號的態度也絕不積極。肯定是因為不希望二號孤立無援，才沒有表示反對。

就算只由她們四個強制執行作戰，成功率也是零。無論如何都會死。只不過……蘿絲她們不會因此喪命。大概。只要不跟她們共同作戰。

要是我沒拜託她們成為我們的同伴……

「是我，害了大家。」

「不是的，二號。」

四號握住二號的手。她的手軟弱無力。

「我們全是自己選擇來到這裡的。蘿絲不是也說了嗎？『我……有了生存的意義』。」

啊，沒錯。那是蘿絲的遺言。然後——

『請妳一定要找到生存的意義。』

也是席德的遺言。「生存的意義」一詞。

當時，二號不是很懂她的意思。現在也還無法理解。如果每個人都有不同的生存意義，不理解或許是正常的。不過——

「不過……！」

「謝謝妳給了我生存的意義。」

「四號……」

不曉得是不是一次把想講的話都講出來，消耗掉體力了，四號的手失去力氣。

二號緊緊握住她的手。

『是悲傷的自我犧牲的精神嗎？』

『是悲傷的自我犧牲的故事嗎？』

『真好笑。』

『真有趣。』

紅衣少女笑出聲來。她們果然在看戲。她們興致勃勃地欣賞四號會在臨死之前留下哪些話，二號會如何哭喊。

「這種……這種事……」

拿刀的手顫抖著。怒火似乎要衝破身體噴出來，二號咬緊牙關。

「我無法接受……！」

正當她氣得準備揮劍時。又被四號搶先一步。四號不知道哪來的力氣，跳起來砍向紅衣少女。

「去死——————！」

差一點。差一點就能砍中帶著可憎笑容的兩人時，四號的刀停下了。從旁介入，保護兩位少女的，是愛莉加她們。

害四號身負重傷的刀刃，再度斬裂四號。四號連呻吟聲都沒發出來，倒在地上。直到最後都在為二號著想的，溫柔的夥伴。

「不可原諒……不可原諒！」

她對希恩揮下刀。在踏進伺服器室前，她們都還是同伴。直到她被機械生物操控，殺掉索妮亞，殺掉蘿絲，殺掉四號前，她們確實是同伴。

她看見希恩的頭蓋骨被一刀兩斷，接著感覺到胸口一陣悶痛。

『就是因為什麼都做不到，才只能出此下策！』

她想起達莉亞的吶喊。啊啊，原來是這麼一回事——二號腦中浮現這個想法。

她在轉身的瞬間砍中愛莉加。爛掉一半的頭部用力飛向空中。有種自己的身體被撕裂，逐漸飛遠的感覺。

她再度跳躍，目標是卡蓓拉。二號反手持刀，利用落下時的力量將刀刃刺進頭頂，壓進去。她感覺到心中有什麼東西崩壞了。

各位，對不起……

她想起拿槍對著莉莉的安妮莫寧，想起叫她不要靠近莉莉的蘿絲。

『好過分的人，真可悲。』

『真的好過分，真恐怖。』

這個聲音，令人極度不快，都是這些傢伙害的。

「閉嘴！」

都是這些傢伙，害大家全死了……

二號使勁全力揮下軍刀，機械生物擋在兩位少女面前。她砍了下去。剛才的苦戰像沒發生過一樣，刀刃直接貫穿身體的正中央。二號就這樣把軍刀揮到底，反手砍向右側的少女。

「咦？」

確實砍中了，少女在笑。軍刀刺中左側的少女，少女依然面帶微笑。

「為什麼……」

不管她怎麼砍、怎麼刺，都沒有砍中目標的感覺。她們明明確實存在於此。

『妳殺不了我們。』

『妳破壞不了我們。』

為什麼——二號的聲音在顫抖。是因為恐懼還是憤怒，連她自己都搞不清楚。

『我叫 Term α（註3）。』

『我叫 Term β。』

『我們是終端機。』

『我們是網路創造出的概念人格。』

『我們是記號。』

『我們不在此之上，也不在此之下。』

她們說的話二號完全聽不懂，但二號明白，一般的武器對她們似乎不管用。二號的視線掃過四周。如果她們是終端機，本體照理說會位於伺服器中。只要破壞伺服器室，她們是不是就會自動消滅？

『妳想破壞這裡？』

『憑妳一個人？』

不曉得是她的思考被看穿了，還是表現在臉上了。不管怎樣，自己的意圖被她們說中，令二號感到不快。二號用力握住刀柄。

『不知道要花上幾年喔？』

『需要核融合等級的能量喔？』

註3　遊戲片尾的名字是Terminal α，不過舞臺劇版本為Term α。

既然如此，只要讓融合爐失控就行。跟十六號一樣。

『沒錯。妳們的融合爐。』

『裝在那裡的，東西。』

『沒錯。掃描過就知道。』

『埋在那裡的，炸彈。』

二號反射性按住胸口。她早就感覺到異物感。她知道體內的融合爐旁邊緊鄰著「什麼東西」。只不過，她無法去在意，甚至不會去思考那是什麼。彷彿被施了讓注意力不要放在上面的暗示……

『妳們在特定的位置停止生命活動時。』

『那顆炸彈會爆炸。』

『引爆條件是抵達伺服器。』

『引爆條件是生命活動停止。』

『妳們敗北時。』

『我們也會失去勝利。』

體內的炸彈，在製造時就裝上去了。下達命令的是司令部。也就是說——

『結局一開始就決定好了。』

『這場戰鬥，就是按照這個劇本走。』

她知道不會有援軍來的理由了。她很清楚失去了大多數的夥伴，司令部仍要她們繼續執行作戰的理由了。誰都好。只要有一個人抵達這裡，在這裡被殺，就能成功炸掉伺服器室。

『這種時候，人造人會笑吧？』

『妳們有感情，所以會笑吧？』

噁心的笑聲響徹四周。二號心想，不能原諒這些傢伙。二號心想，想殺掉這些傢伙。可是，光這樣還不夠。因為光憑這些，弔祭不了死去的同伴……

就在這時。背後傳來聲音。二號回過頭，看見四號站了起來。她本來還在擔心四號的身體被占據了，但並沒有。

「我們可是……很耐打的……因為……是新型……」

四號喘著氣站起身。她還能維持意識就夠不可思議了，兩腳卻穩穩踩在地上。

「去吧……二號。這裡，由我來。」

四號展露微笑，雙手伸向二號。用跟剛才軟弱無力的那雙手截然不同的力道，推開二號。

「不可以！四號！」

二號摔在地上，放聲吶喊。如果四號死了。如果她在特定的位置停止生命反應……

「不要啊啊啊啊啊啊啊啊！！」

紅衣少女的笑聲、二號不成聲的吶喊，被純白的爆炸蓋過。

【12 09／08：00】

她不知道發生了什麼事。

醒過來時，二號埋在瓦礫及岩石中。但她還活著。二號先從那個地方爬出來。滿身髒汙，傷痕累累。只不過是吐出一口氣，全身都發出悲鳴。

她環視周遭。伺服器室半點痕跡都不剩。她不知何時移動到了室外。卡阿拉峰山的形狀產生變化，爆炸規模似乎相當大。不曉得她是被爆炸氣流吹到室外，還是卡阿拉峰山崩塌，導致最底層露出來了。不過，被捲入這麼大規模的爆炸還活了下來，是奇蹟。

為什麼是我？二號再度心想。降落地球後，她也有過同樣的想法。只不過，跟那個時候有決定性的差異。當時她想的是「如果是其他比我更強的人活下來就好了」，現在不同。

誰活下來都一樣。就算是最強的首領一號，就算是殺傷數最多的三號，劇情都不會有差別吧。

決定生命的優先順序的，不是腕力也不是智力。活下來只是單純的巧合。就算這樣，她還是被無常的命運選上了。既然如此，她要做的就只有完成倖存者的使命。

殲滅機械生物。破壞一切。不容許任何人妨礙。敢礙事就殺掉，無論對方是誰。

「四號……」

她笑著對她說再見的表情，浮現腦海。將她破壞得連一點碎片都不留的，是司令部裝的炸彈。

二號拿下護目鏡，扔到地上。四號說「拿下護目鏡違反軍規喔？」的表情再度浮現。十六號說「妳哪有資格講我」的聲音也是，以及二十一號說「各位先走吧」的聲音。

「大家……」

四號用力踩碎護目鏡。這種東西，她不需要。

這時，一臺動作僵硬的機械生物衝了出來。看來伺服器遭到破壞後，還是有能動的個體。

「命大的傢伙……！」

二號撿起瓦礫，亂敲一通，將他破壞。輕而易舉。

某處傳來如同地鳴的聲音，肯定是爆炸導致各處都發生山崩之類的現象。二號留意著腳邊，邁步而出。

先逃出這個鬼地方。修好義體後，去殺光那些機械。讓那些傢伙統統變成廢鐵，那就是我生存的意義……

攻擊型二號瞪著前方，拔出軍刀。

【11945 0626】

她作過好幾次這個夢。與夥伴共同奮戰，聽見夥伴的吶喊聲……哭喊聲。她一直重複作著這個夢，所以即使是在夢中，也知道這是夢境。

「早安，A2。」

可是，她沒想到醒來時會有人跟她說話。唯有這點，跟平常不同。

「到底……？」

「寄葉機體A2，於五分四十二秒前重新啟動。原因：與大型機械生物戰鬥造成的過度負擔。」

飄在空中的盒子，發出毫無起伏的聲音。想起來了。她在沙漠跟大型敵人戰鬥，受到EMP攻擊，在戰鬥結束的同時失去意識。她拍掉沙子，站起身。

「可惡！全是沙子，煩死了。」

「報告：燃料過濾器劣化。在沙漠戰鬥時，疑似有細微粒子進入內部。建議：

盡快更換該零件。」

「叫我更換零件，我也不知道要去哪換。」

這個盒子總是對她提出強人所難的要求。這哪叫「隨行支援」啊，莫名其妙。

「過去的紀錄顯示抵抗軍營曾經使用過。」

她反射性望向盒子。不是聽錯，盒子確實是這麼說的。

「抵抗軍營……」

她知道安妮莫寧還活著，最近才知道的。在此之前，她一直以為只有自己不小心活下來。

那一天，她拖著遍體鱗傷的身體逃出崩壞的卡阿拉峰山基地後，最先做的就是拆除炸彈。

她丟掉可能會發送位置情報的零件，丟掉司令部提供的裝備，只拿著一把長劍，在地上徘徊。

腦中只想著要盡可能多破壞一些機械生物。

在那場戰鬥中，自己死過一次。以前的自己，跟夥伴們一同埋在瓦礫下。

所以，就算知道安妮莫寧還活著，她也不會想特地去找她。因為，她不知道該帶著什麼樣的表情與她重逢。

然而，現在有了更換燃料過濾器這個好藉口。

她望向盒子告訴她的方向。

沙塵的另一側，看得見高層大樓群模糊的影子。

「去看看好了。」

她踢著沙子走向前。

無聲地試著呼喚夥伴們的名字。可是，一點感覺都沒有。

心中唯有一片乾燥。

記憶之檻

記憶之檻

NieR:Automata 短話

映島巡

首次刊載：尼爾：自動人形美術記錄集《廢墟都市調查報告書》
二〇一七年二月二十三日

近戰用武器劃過虛空，彷彿要斬裂沙塵。四零式戰術刀是分配給在最前線戰鬥的精銳的最新式軍刀，刀刃上的電光炸開，半球狀物體在空中劃出一道拋物線。

失去頭部的機械生物停止行動。數秒後，圓筒型身體倒在沙地上，爆炸。先行化為殘骸的其他兩臺被捲入其中，一同碎成金屬片散落周遭。

爆炸聲與熱風消散後，只剩下沙漠特有的風聲。

沙塵逐漸散去，人形身影浮現。柔和的身體曲線、纖細緊致的腰部、從下襬寬大的裙子底下伸出來的修長雙腿，由此可見，是成人女性的身影。

正確地說，那人不是「成人」，也不是「女性」。她並非人類，也沒有生物學意義上的性別。寄葉型人造人二號B型，通稱2B，屬於戰鬥特化機種。

人類已經離開地球很長一段時間。外星人的侵略逼得人類不得不逃往月球。目前地上已經變成外星人的手下機械生物，和以殲滅他們為任務的人造人的戰場。

2B收起軍刀，對身後的存在說：

「這樣就沒了？」

停留在離地兩公尺左右處的物體回應她的詢問，緩緩下降。是叫做「輔助機」的隨行支援裝置。擁有立方體狀的頭部及大小四隻手臂，主要於空中移動，但也能在水中活動，具備針對敵性個體發動遠距離攻擊、分析狀況、通訊、負傷時的應急處置等支援寄葉型人造人的各種功能。

「肯定：無線存取點半徑五公里內，無敵性反應。」

「是嗎。」

2B輕聲呢喃，走向比自己高了那麼一點的金屬製箱子。無線存取點偽裝成人類文明的遺物「自動販賣機」，是用來與司令部通訊和確認周遭情報的「重要設施」。

不曉得他們是不是知道這一點，無論是廢墟一角，還是沙漠的正中央，機械生物找到無線存取點就會聚集而來，有如群聚在地上的果實旁的蟲子。

因此，寄葉隊員在地面收發郵件、取得周邊的地形情報時，必須先排除無線存取點旁的機械生物。這已經可以說是使用無線存取點的步驟之一。

做完這個固定步驟後，2B終於可以完成原本的目的。她在郵件一覽裡選擇最新的那一封，開啟郵件。在視線掃過送信人及「極祕」兩字，接著轉移到內文時——

「2B！」

名為9S的九號S型，像偷襲似的突然出現。9S雖然是寄葉型，卻跟擁有成年女性外表的2B不同，外型參考人類少年製成。

「司令部傳來的郵件嗎？」

他應該沒有偷看到，可是專門執行調查任務的掃描型機種，觀察力跟直覺都很敏銳。9S大概是瞬間推出「現在不是月球人類議會定期聯絡的時間，而且很難想像有人會為了看私人郵件，不惜在執行任務前與機械生物交戰」，得到「那是來自司令部的聯絡」這個結論。

「這是其他任務的指示，跟這次的調查無關。比起這個——」

2B轉移話題。

「我們的會合地點並不是這裡。」

她跟9S的會合地點，設定在離目的地更近的地方。

「是這樣沒錯，但妳好像在跟機械生物交戰……我想說來支援妳。」

「不需要。」

無法獨自驅逐那種程度的機械生物，以B型來說是不良品。

「看得出來。」

9S誇張地聳聳肩膀。

「算了，我們也順利會合了，前往目的地吧。」

2B與9S將地圖資料的座標從預計會合地點設定成目的地，開始移動。

「哇！沙子又跑進來了。」

在沙漠中行走的時候，萬一鞋子進水，那可是異常狀況，9S卻在抱怨沙子跑進來。極其理所當然，2B覺得這沒什麼好嚷嚷的，對9S來說卻並非如此。他前進了幾公尺，皺起眉頭，又往前走了幾步路，再次哀號，不斷重複這個過程。

「2B不在意嗎？」

「在意什麼？」

「妳的鞋子裡應該也全是沙吧？」

「只會有異物感，不會影響步行。」

空中的沙塵會遮蔽視線，鞋子裡的沙倒不成問題。因此無須在意——聽見2B的回答，9S的肩膀明顯垂下。

「鞋子裡一粒一粒的，不覺得很噁心嗎？就算不會妨礙行動，這是感覺上的問題。」

「寄葉隊員禁止擁有感情。」

不曉得對9S講過幾次這句話了。這次的任務並不是他們倆第一次共同行動。

「是——」

9S的回應每次都一樣，有點鬧彆扭的語氣及表情也是。不對，只有第一次被2B叮嚀時，他畏畏縮縮地說了「對不起」。

聽說寄葉隊員之所以禁止擁有感情，是因為以前有隊員因一時衝動，導致任務失敗。確實，感情這種東西會讓判斷及行動產生動搖。2B認為這對他們來說是不必要的……特別是對她而言。

「啊！難道是那個？」

9S指向的地方，突然出現疑似建築物的影子。這棟建築物有顯示在地圖資料上，所以也不能說是「突然」，但因為具有高低差的地形及沙塵暴的影響，他們之前都沒看到。

「肯定：本次的調查對象。人類文明遺留下來的巨大建築物。」

輔助機在旁邊回答。不是2B專屬的輔助機042，而是9S專屬的輔助機153。若沒有特別指名，或是有急迫的需要，輔助機不會回答支援對象外的人的問題。

風勢忽然減弱，視界變得鮮明起來。2B看見被沙塵遮蔽的巨大影子中，浮現拱門型的入口。她知道那棟建築物蓋在岩山挖出來的洞中。不過對照地圖資料一看，不是整棟建築物都在岩山裡，有一部分朝著山谷。整體來說，建築風格有點奇怪。

「這好像是叫做神殿的宗教設施。正式名稱記得是『沙之神殿』吧？很久很久以前有人類住在這裡，之後被當成神殿使用……的樣子。」

9S語氣聽起來有點興奮，不知道是不是錯覺。S型專門負責調查及情報收集任務，所以加上了對任何事物都容易感興趣的特性。

「快走吧，2B。」

他迫不及待地說，在沙地上飛奔而出。跑那麼快會害「鞋子裡一粒一粒」的感覺更明顯，9S卻毫不介意。真的是感覺上的問題。2B發現自己快要忍不住笑出來，急忙控制住嘴角。

「寄葉隊員禁止擁有感情……」

她本來只是想在心中告訴自己，結果不小心說出來了。9S回過頭大叫：

「妳說什麼!?」

2B回答他「沒什麼」，跟著趕往名為「沙之神殿」的建築物。

聲音消失了——神殿內部安靜到讓2B這麼以為。她慢半拍才想到，是因為從不間斷的風聲被厚重的外牆遮住了。

「這裡的空調比想像中涼耶。」

輔助機153立刻回答9S。

「否定：現在地——神殿入口附近並無空調設備。體感溫度低下的原因，在於與室外的溫差。」

「唉唷——這是感覺上的問題啦。」

9S悶悶不樂地說，小跑步跑向前方。2B跟在他後面，一面警戒四周。

兩人份的腳步聲和兩臺輔助機運作的低沉聲音造成回音，重疊在一起。一部分的天花板崩塌了，從那裡灑下陽光。多虧有一點光照進來，才看得見樓梯及整整齊齊鋪滿樓梯口的四角形石頭。

「連建築物裡面都有沙子。」

9S從樓梯扶手探出身子，望向下方。樓下的走道被沙子徹底埋住。不只走道，牆邊也有好幾座沙子堆成的小山。

「推測：堆積在通道中央及牆邊數個地點的沙子，為人工循環的產物。但是，年代與目的不明。」

「人工循環？意思是讓沙子流進神殿裡？像河流一樣？」

「肯定：為了方便起見，稱之為人工流沙。」

「為什麼要做這種事？噢，目的不明對吧。」

「肯定。」

舊世紀的遺產謎團重重。即使是逃到月球上的人類，也不可能把情報統統帶走。因此他們人造人會像這樣從事調查，幫忙記錄及保存。

「附近有機械生物嗎？」

眼罩雖然沒有顯示敵性反應，2B還是向輔助機042確認。凡事最好謹慎一點。

「回答：神殿內無敵性反應。」

這代表就算好奇心旺盛的9S做了什麼輕率之舉，也不會立刻招致危險。不過機械生物裡也有會發出干擾電波的個體，稱不上絕對安全。

「警告：前方階梯及地板有部分缺損。」

9S對153的警告一笑置之。

「不用說我也知道。對不對？2B。」

2B點頭肯定。有顆巨石擋在從入口通往內部的向下樓梯上。

「這顆石頭本來是天花板的一部分。表面受損得很嚴重，可是隱約看得出花紋。」

9S單膝跪在地上，調查陷進樓梯裡的巨石，抬頭看著天花板。2B也跟著看過去，從崩塌的天花板可以看見藍天。

「為什麼會崩塌呢？」

至少不是因為跟機械生物的戰鬥。他們的目的是幫人類奪回地球，而且要盡量接近原本的模樣。因此，人造人戰鬥時會極力避免破壞人類文明的遺跡。

所以很難想像他們會在這麼巨大的建築物附近戰鬥。就算遇見了機械生物，照理說也會把他們引到遠離建築物的地方再開戰。

「回答：推測崩落發生在數千年前的過去。因此無法特定原因。」

「數千年前啊，真厲害。」

「厲害？」

「因為天花板是在數千年前崩壞的話，代表這座神殿是在更久以前蓋好的吧？這樣還能以這麼良好的狀態保存下來，很厲害耶。明明沙漠的氣候惡劣成那樣，石造建築物風化得更嚴重也不奇怪。」

講完這句話，9S忽然站起來，走向樓梯旁的房間，彷彿被吸引過去。

「這次又怎麼了？」

2B半是無奈地問。9S緊盯著敞開的房門。

「這扇門是怎麼開關的？這是石頭做的耶？這麼厚又這麼大，不是人力有辦法推動的重量。」

這扇門好像是由兩扇拉門構成，不管用推的還是用拉的都文風不動。9S再度歪過頭。

「是哪邊有動力源嗎？」

他望向室內。然而，跟有陽光照進來的通道不同，門後只有一片漆黑的空間。

9S一點都不在意，準備走進黑暗中，153繞到他前面說：

「建議：點燈。」

「嗯，隨便照一下吧。」

「瞭解。」

153照亮的空間比想像中更寬廣。9S與153一同跑到房間中央，入口附近又暗了下來。2B叫042開燈後，跟著進入室內。

9S看了下天花板，然後往前跑，跑一跑又停下來環視牆壁。他每跑一步，挑高的天花板都會反射鞋子的聲音。接著，他蹲下來開始調查用來鋪地板的石頭。光盯著9S看，就讓人眼花撩亂。

「地板、牆壁、天花板，統統是用石頭做的。把石頭切割成同樣的大小，排在一起……跟我目前看過的建築風格都不一樣。從來沒看過。是用什麼樣的重型機械做的？他們怎麼搬運這麼多石頭？為何用幾根柱子就能支撐這麼大、這麼高的空間？」

9S有點激動地說著，衝到牆邊。

「難道這個細長的臺座上本來有光源？」

「肯定：存在固定名為『火把』、『火炬』的光源之痕跡。」

「一、二、三、四……總共八個嗎？這個房間是用來幹麼的？看起來也沒有儀式的痕跡。」

他在室內繞了好幾圈，走向深處的門。入口的門大大敞開，裡面這扇卻是關上的。

「應該不會——」

9S將手伸向拉門的接縫處。

「這麼簡單就能打開吧……」

他的聲音與開門的吱嘎聲重疊在一起，門往兩旁移動。

「打開了!?」

9S大吃一驚，看著往左右打開的門。153開著燈在門外與門內來回移動。

「警告：前方的門與通道高低差極大。影響移動的可能性高。」

然而，153的警告似乎不足以抑制S型的好奇心。先行掌握周遭狀況也是隨行支援任務的一環。

「我去看一下。很快就回來！」

9S放開手，門再度發出吱嘎聲關上。

看見9S與輔助機153消失在門後，2B輕輕吁出一口氣。不能放過這個機會。

「輔助機程式，選擇近戰支援模式，展開武裝。」

「瞭解：展開近距離電波迷彩，啟動近距離攻擊裝備。」

輔助機０４２默默聽從２Ｂ的指示。

「戰鬥模式變更成對寄葉型。解除識別訊號。」

想到等等要做的事就覺得心情沉重。為了讓思緒維持平靜，２Ｂ暫時停止全身的動作，放鬆力氣。

這也只不過是任務的一環。沒錯，是任務。只是件「極祕」兩字在腦中揮之不去的任務。

她是在剛下飛行裝置的時候接獲有新郵件的通知。不是在衛星軌道上的基地（地堡）的時候，也不是突入大氣層的時候。降落沙漠的那一刻，０４２就告訴她收到了新郵件。

這個時候，她就已經察覺到是什麼任務。寄件者是司令官，沒有透過通訊官發送的郵件。難以被人攔截到的時機，代表這是極祕中的極祕。

不對。從收到郵件的更早以前開始，她就知道了。從司令官命令她跟９Ｓ一起調查人類文明的遺跡時，她早就覺得再過不久，司令官就會下令抹殺９Ｓ。這個預感不幸地命中了。

「輔助機，告訴我９Ｓ的位置和經由走道過去的路線。」

「瞭解：追蹤９Ｓ的黑盒訊號，開始檢索路線。」

2B轉身離開9S和153進入的房間。要跟蹤的話，最好走別條路線。比起追在後面，應該先繞到前面堵他。何況目標是S型，擅長調查與收集情報的最新機種。除非異常順利，否則應該很難偷襲他吧。

不過，論戰鬥力是2B占上風。勝敗打從一開始就顯而易見，本來就不需要偷襲。但可以的話，她想盡快完事。想在9S發現自己遭到攻擊前處理完。這樣就不會帶給9S不必要的恐懼及痛苦……

2B以042「檢索完畢」的聲音為信號，走回外面的通道。她衝上擋住樓梯的巨石，直接跳過去。9S的黑盒訊號一口氣接近。

然後她走下樓梯，一邊注意不要發出腳步聲。黑盒訊號的源頭在下一間房間。

2B默默拔刀，走近門口。

跟第一間房間一樣，左右雙開式的門沒有關上。然而，視線範圍內並沒有9S的身影。

她走到門邊，迅速環視周遭。室內沒有障礙物。也就是說，9S無處可躲，但直接走進去不曉得會不會有問題……

背後傳來氣息。2B立刻往旁邊翻滾，離開原地。大量的子彈射中她前一刻所在的位置，是輔助機程式的遠距離攻擊。

2B正準備重整態勢，看見刀刃揮下。9S不知何時繞到了她身後，用近戰用的長劍攻擊她。
沒想到會被9S攻擊。本想偷襲他盡早完事，結果竟然是自己遭到偷襲。
2B踢向9S拿著長劍的右手，腦中瞬間警鈴大作。
為什麼9S會拿著近戰用的武器？照理說，9S不會像這樣握著長劍的劍柄……
她立刻拉開距離。用熱線灼燒過的刀刃正在融化，是9S手上的長劍。萬一她沒想那麼多就踢下去，右腳肯定會受到重創。9S預測到專門打近身戰的B型的反應，設了陷阱。
最好換個地方，視野不良的通道對之後才來的自己不利。
2B高高躍起，遠離9S，衝進其中一間房間。不是傳出9S黑盒訊號的那一間。他應該沒時間連這間房間都設陷阱才對。
9S從後面追過來。這裡是開闊的場所，無處可躲，他卻沒有一絲猶豫。9S叫153用槍擊支援，靠近2B攻擊。這個戰鬥方式幾乎可以用「奮不顧身」形容，2B因此感到困惑。她從來沒看過9S這樣。
她一面閃過153的子彈及熱線，一面砍向9S。可是，9S的動作比想像中還快，遲遲無法給他致命一擊。不對，比起9S的動作，輔助機的遠距離攻擊更加棘手。2B判斷必須先封住153的行動，對042下達指示。

「輔助機！將攻擊目標設定為153！」

隨行支援裝置沒有安裝「捨身攻擊」的程式。只要自己遭受攻擊，絕對會迴避。也就是說，輔助機閃躲攻擊的瞬間，對2B的遠距離攻擊就會中斷。雖然頂多只有一、兩秒的時間，這樣就足夠了。

從未間斷的槍擊停止了一瞬間。2B一口氣逼近9S。9S杵在原地，不曉得是不是沒料到2B會盯上輔助機。2B拿刀對著他，踏出一步。在她心想「這樣就結束了」的同時，全身竄過一股異樣感，緊緊握住的軍刀掉到地上。

2B瞪大眼睛……本想這麼做，卻控制不了身體。雙手雙腳，全身都失去控制。

鋪在地板上的石頭逐漸接近。不對，是自己的身體在向前傾倒。倒下去的前一刻，2B聽見9S說了句「對不起」。

我沒有誤會她——9S喃喃自語。不過，這句話並沒有實際化為聲音。駭客空間內的「聲音」，只是9S的自我資料這麼認知到而已。白色牆壁及白色地板，也是自我資料的認知。

他心想，真希望這是一場誤會，誤會2B想殺了自己。然而，她的話語透露出的訊息、她不經意露出的表情，以及她的語氣，都隱約證實了他的疑念。隨著時間經過，疑念轉為確信，最後終於成為事實。

「其實我也不想做這種事……」

他沒有說謊，是真心的。他想不到除此之外的方法。從發現2B是司令部派來的監視者的那一刻起，他就不斷思考有沒有其他辦法，可是怎麼想都想不到。

「不過，S型是不可能打贏B型的。」

2B的戰鬥能力有多優秀，一直跟她共同行動的自己十分清楚。若不駭進去奪走義體的控制權，只會被2B輕易殺掉。

想駭進鮮少給人可乘之機的2B，只能在打近身戰的途中，而且還是她準備給自己最後一擊的瞬間。猛禽類捕捉獵物的那一刻，是最無防備的時候。這是9S調查地上生物時學到的知識。

反過來說，2B是真的想殺掉9S，他才能成功駭進去。假如2B不帶任何殺意，無論9S怎麼攻擊，她都只會選擇迴避，不會進入可以讓他駭進去的範圍吧。9S現在在這個地方，就證明了2B的殺意。

「不管怎麼樣，都是我自己找的藉口。」

他知道自己在做比殺人更殘酷的事。擅自侵入別人的腦內，在裡面亂翻一通後還要把人家殺掉。他明白。可是——

「我有想解開的謎團。」

9S慎重地在2B的記憶區塊內前進。他之所以駭進2B，不只是為了搶走義體的控制權殺死她。有件事他無論如何都想知道。

『因此，命令妳抹殺9S。』

記憶區塊中最新的紀錄，是疑似信件一部分的文字。肯定是她來這裡前去無線存取點收的那封郵件。未整理的記憶不會依時間順序，而是按照印象強弱排列。一打開郵件，2B最先看到的就是「因此，命令妳抹殺9S」這行字。意思是，2B早就預料到司令部會下達這個命令。正因為她知道這一天遲早會來，才會只截取到這行字。

『已經證實』
『疑似試圖』
『事項』
『連接主要伺服器』
『始終沒有解決的問題』
『經過數次』
『禁止』
『9S他』

記憶碎片四散。語序之所以亂成一片，代表2B看這封信時相當動搖，而且9

S還在她看信看到一半的時候出現。她沒那個心思在腦中整理郵件內容……

9S進到記憶區塊的更深處，尋求解開謎團的線索。

「是這個嗎？司令官跟2B的……密談。」

司令官的背影，以及看著她的2B。不是靠通訊，而是在地堡某處私下進行的對話。

『不過按照慣例，S型負責的現地調查任務不是單獨任務嗎？』

『那只是慣例。有個例外也無妨。打個比方，如果他要去的是有多數敵性反應的危險地帶？總要有人支援不擅長戰鬥的S型。』

『我明白了。那麼，就這麼辦。』

『先監視他就好，之後我會再下達指示。』

是2B跟9S共同行動前的記憶。可是這個時候，他應該還沒做任何「遭到禁止的行為」才對。司令官卻判斷需要有人監視他。根據是？

這時突然插進與9S有關的記憶。

『我們掃描型的工作主要是單獨在當地進行事前調查。所以可以和其他機體一起行動，讓我很開心。』

啊啊，他記得。這是他在最初的任務對2B說過的話。看來2B在那段對話的途中，想起了跟司令官的密談。

過。

那個時候，他還不知道2B在監視自己。更遑論「還有別的」，他想都沒想

9S悲哀地轉移到下一個記憶。似乎是通訊對話的記憶，司令官的聲音中參雜

雜音，有點聽不清楚。

『……S型是專門調查、收集情報的機體。其特性及高性能，導致他們無論如

何都會不小心知道太多事。該說是S型的宿命吧……』

知道太多事有什麼不對，9S在心中反駁。有什麼是不方便給他知道的嗎？

『總有一天，9S一定會做出遭到禁止的行為。不對，說不定他已經跨過那一

條線了。』

這次9S就沒有反駁了。他確實試圖連接過主要伺服器。

『目前還沒掌握到確切證據。不過，有人企圖入侵主要伺服器。這次似乎沒有

成功，但下次就不一定了……』

沒錯，第一次以失敗告結，被攻擊型防護罩逼得落荒而逃。因為他撤退得很

快，應該沒留下痕跡讓人追蹤。下一次，他在突破一道防護罩後放棄。再下一次，

他成功破解好幾道防護罩。破解掉的防護罩越多，撤退所需的時間也會隨之增加，

導致他越來越容易被逮到。

司令部發現他企圖入侵主要伺服器，或許是遲早的事。即使如此，他還是想知

道。防備越是嚴密，就會讓人更想知道前面有什麼東西。他知道這樣很危險，但他控制不住，看到謎團就會忍不住想解開。

原來如此，這就是S型的宿命。司令官說得沒錯。派人來監視他也是正確的判斷。搞不好連下達抹殺命令也是。

接下來的記憶又回到地堡裡的房間。這次不是背影，是司令官的正面。

『S型不擅長戰鬥，我認為處理不會花太多時間。』

『他們不擅長的是近身戰，並不是完全無法戰鬥。而且，S型十分敏銳。很可能已經察覺到司令部派人監視他。』

『他看起來不像有發現的樣子……』

『妳不擅長觀察這種事，就跟S型不擅長戰鬥一樣。』

司令官又說對了。2B沒發現9S早就看穿她的真實身分。

起初他以為2B是裝作沒發現。然而，這個可能性很快就消失了。2B沒那麼會裝。她反而很笨拙，不經意表露出的溫柔、體貼……說不定她以為自己都掩飾住了，對S型來說卻明顯到不行。

『無論如何，只要妳攻擊他，9S肯定會反擊。用S型最拿手的駭客技術。』

多麼驚人的洞察力，9S發自內心想拍手稱讚司令官。現在的情況正如她的預料。

這樣就解開一半的謎團了。2B要「殺掉他」的理由，是因為司令官命令她處理掉知道太多事的9S。那麼，解開剩下一半謎團的鑰匙在哪裡呢？在9S腦中浮現疑惑之時。

『先讓9S獨自行動，在這段期間展開武裝。然後繞到前面偷襲他。』

跟司令官的對話播放到一半，突然插進時間順序不同的記憶片段。

『只要瞬間解決掉他……』

跟前後的對話比起來，明顯是很久以前的記憶。看來2B在司令官下令前，就先想好殺死9S的步驟了。

『要讓9S連發生了什麼事都察覺不到……這樣就不會帶給他不必要的恐懼及痛苦。』

剩下一半的謎團解開了。原來是這樣——從旁插入的記憶在9S理解的同時消失不見。

『萬一被他駭進去搶走義體控制權，就算是擅長近身戰的妳，也會跟字面上的意義一樣束手無策。所以——』

所以？她叫2B做了什麼？偷襲自己不是司令官的命令。那麼司令官到底下達了什麼樣的指示？

『要在駭客空間內設陷阱。』

有股不好的預感。下一刻，一片純白的駭客空間出現漆黑的牆壁，橘色及紫色光球射向9S。是設置型的邏輯病毒。

在記憶區塊中設置邏輯病毒，確實能有效攻擊駭進來的9S的自我資料。可是，邏輯病毒的攻擊可能也會波及2B自己。所以他以為她不會做到這個地步。

「可惡！我太天真了！」

那僅僅是9S個人的希望，並非預測。司令官非常乾脆地選擇讓2B置身在危險中的道路。

在自我資料被汙染前得趕快逃出去。

『只不過，邏輯病毒的攻擊也不是萬全的。再多制定一個對策吧。』

出口在哪裡!?他事先規劃好的逃脫路線呢!?

『用封鎖系防護罩，把他關在邏輯迴路裡。』

不知不覺，他一步也動不了。駭客空間內的漆黑球體迅速增殖，是用自我封鎖演算法構築成的防護罩。

「輔助機！構築新的逃脫路線！」

然而，輔助機沒有回應。邏輯病毒不只在攻擊9S的自我資料，還中斷他跟外界的聯絡。

無處可逃了。再過幾秒，「現在的」自我資料就會被壓毀、消滅。9S看著純白的駭客空間逐漸染成漆黑，無計可施。

「算了，就這樣吧……」

2B是在沙漠的無線存取點收到抹殺命令的郵件。從那裡到調查地點的途中，有無數次殺掉他的機會。沒有地方可以藏身，也不方便行走的沙漠，對習慣戰鬥的2B有利。2B卻在進入神殿後才發動攻擊。9S透過偷看她的記憶明白了原因。他心想，2B果然很笨拙。

全是為了要能瞬間殺掉9S。為了讓9S一無所知地死去。

黑色球體淹沒四周，不留一絲空隙。但不可思議的是，他的心情很平靜。不覺得恐懼，也不覺得痛苦。

「再見，2B。」

接著，眼前變成一片黑暗。

四肢的控制權回來得跟被搶走時一樣突然。

「封鎖系防護罩啟動。邏輯迴路，封鎖完畢。切斷。」

2B眨了幾下眼睛，確認動作後，緩緩起身。運動機能也毫無問題。

「……刪除。」

沒有任何手感，一點點的痛覺都感受不到。她只感覺到「指令執行了」。

2B低頭看著9S倒在旁邊的義體。黑盒訊號尚未停止，不過因為自我資料被刪除了，所有機能都處於休止狀態。

若能靠武力解決掉9S自然最好，就算失敗，也能用設置型邏輯病毒攻擊9S的自我資料。即使9S成功除去邏輯病毒，只要用封鎖系防護罩把他關在邏輯迴路內，就能把他的自我資料連迴路一起刪除。這些全是司令官的主意。

9S制定了在近身戰後發動駭客攻擊的兩段式策略，卻輸給制定三段式策略的司令官。

2B反手握住軍刀，筆直地揮下。

「破壞頭部。」

手掌傳來神祕的反作用力，是從未有過的感覺。明明不是第一次破壞同伴的義體，在戰場上解放無法行動的隊員時，並沒有這種感覺。是因為破壞得不夠徹底嗎？

「破壞胸部。」

她再次揮下軍刀。奇怪。神祕的感覺擴散開來了。剛才只有手掌，現在連上半身都有股壓迫感。不是實際有東西壓在身上，卻讓人喘不過氣。

「確認黑盒訊號停止。」

義體徹底破壞完畢。自我資料也消失了。9S死了。任務完成。但她為什麼會有種還有事情沒做的不安感？為什麼呼吸機能會發生問題？

『再見，２Ｂ。』

９Ｓ的聲音於腦內重播。是留在記憶內的資料，９Ｓ的遺言。她知道那股奇妙的感覺、於胸口萌生的異樣感是什麼了。

「是嗎？這就是……」

名為愧疚的感情。或是所謂的自責嗎？不管怎樣，寄葉隊員是禁止擁有感情的。

在她試圖抹殺遭到禁止的感情的瞬間，有什麼東西像要抵抗似的，從腦海湧出。是與９Ｓ有關的記憶。

呼喚她名字的聲音。高興地說著「可以和其他機體一起行動，讓我很開心」時揚起的嘴角。靦腆的笑容。執行某次作戰的時候，他傻眼地說過「２Ｂ意外地粗線條耶」……

喉嚨深處好像卡著什麼東西，胸部傳來揪心般的痛楚。２Ｂ咬緊牙關。她現在才知道，已逝之人的記憶會折磨留下來的人。

是我的錯。是我累積了不必要的記憶……

『再見，２Ｂ。』

又來了。又是那個聲音。

2B用力搖頭，驅散9S的聲音。

「我不會道歉。」

因為這是任務。我一點罪惡感都沒有。絕對沒有。所以，如果又接到同樣的命令，下次我也會做出同樣的事吧。

因為那就是我的工作——2B這麼告訴自己，抬頭直視前方。

「輔助機，聯繫司令部。」

「瞭解。」

輔助機展開通訊用的畫面。

下次也會做出同樣的事，不過她心想，以後別再跟其他人有不必要的接觸了。共同度過的時間、對話，都維持在最低限度吧。不要累積多餘的記憶。不要萌生不該有的感情。

『這裡是司令部。』

2B再度深深吸了口氣，吐出來。連同殘留在心中的痛楚一同吐出。

「這裡是2B。任務完成。」

有什麼東西宛如流沙似的，從2B平靜的聲音中流瀉而出。

NieR:A ata 短話

衛星軌道基地地堡觀察日記

映島巡

衛星軌道基地地堡觀察日記

首次刊載：首次刊載：尼爾：自動人形美術記錄集《廢墟都市調查報告書》
二〇一七年二月二十三日

〈這裡　是　哪裡？〉
〈那個人　是　誰？〉

【TB 13：30】

2B心想，簡直跟走在布滿碎石的坡道上一樣。

左腳比鉛塊還重，走一步就會累得喘氣。好不容易踏出左腳，接著換成右腳關節發出吱吱嘎嘎的悲鳴聲。

她一拐一拐地走下飛行裝置，離開機庫，搭乘升降機，在走道前進了幾公尺。才這麼點距離，就耗費了長到令她傻眼的移動時間。開發部在這條走道前面。一想到還得花多少時間才到得了，2B就快昏過去了。

衛星軌道上的地堡，是寄葉部隊的前線基地。儘管具備用來讓他們降落地面戰鬥的必要設施，以及供隊員居住的空間，地堡絕對稱不上大。然而，通往目的地的路途卻漫長到彷彿永無止境。走道是平緩的斜坡，所以沒有階梯。明明那裡是閉著眼睛也走得到的地方。

也就是說，運動機能出了相當嚴重的問題，必須盡快讓開發部重新調整。在2

B設法加快速度時——

司令官從前方走來。2B本想將左手放到胸前，向司令官敬禮，手臂卻抬不起來。2B皺起眉頭。看來有問題的不只腳部。

「噢，不必那麼拘束。」

司令官示意要她放下手。大概是看見這彆扭的姿勢，立刻發現2B受損了。

「妳看起來狀況很差。」

「由於在地上無法修理，迫於無奈，只得中斷任務歸還。非常抱歉。」

「用不著道歉。有其他傷患嗎？」

「在今日凌晨與機械生物的戰鬥中，1D右上臂及左肩、4B左大腿部受到輕傷，但兩名隊員都在12H的緊急修復下，恢復到不會影響任務的程度。」

「這樣啊。」

司令官的視線移到一旁。連結機庫與開發部、司令室的這條走道對著「外面」。看得見昏暗的宇宙空間、閃爍著的繁星，以及人類的故鄉——地球。

以寄葉隊員為首的人造人們，此時此刻也在那顆美麗的藍星上與機械生物戰鬥。機械生物會無止盡地出現，宛如源源不絕的蟲子，怎麼殺都殺不完。

「跟敵人數量比起來，寄葉隊員的人數實在太少……稱之為少數精銳的話，聽起來倒是挺好聽的。」

至今以來，他們一直是靠戰略與技術彌補數量上壓倒性的差距。可是，這樣依然無法顛覆不利的戰況，戰爭越拖越長。2B以為司令官會對她說「所以要更加努力」，事情卻出乎她的意料。

「所以，不要太勉強喔？」

司令官揚起嘴角。偶爾，司令官會露出令人困惑的溫柔笑容。明明她的一舉一動都嚴格得充滿領導者風範，明明她的判斷冷酷、銳利得像一把研磨過的刀刃。在這抹偶爾浮現的笑容底下，想必積著數不清的苦惱與糾結。

「司令官……」

2B話講到一半，將未說出口的話吞回口中。這是我自己的問題——她改變了主意。

「沒有，沒什麼。」

司令官臉上的笑容消失，冷靜的話語自脣間吐出。

「無論是多殘酷的任務，我們寄葉部隊都必須達成。」

我們寄葉部隊——2B在心中重複。她有過痛苦的經歷。痛苦到令人無法忍受的經歷……也不是沒有，但對於任務，2B沒有任何怨言。

「可是，不管是什麼樣的任務，全部的責任都在我身上。別忘記這點。」

司令官彷彿看穿了她的心思。她以為每一次的任務結束後累積的沉重壓力，是只屬於自己的。不對，現在她仍這麼想。不過，司令官這句話傳到了她心中。

「願人類榮耀長存。」

這次，左手成功舉到了胸前。司令官也回道：「願人類榮耀長存。」

今後也要繼續在這個人手下戰鬥，直到人類取回故鄉地球的那一天。

2B聽著背後傳來的規律腳步聲，趕往開發室。

〈剛剛那個東西　是什麼？〉

〈是什麼呢？剛剛那個東西。〉

〈跟去　看看嗎？〉

〈跟去　看看吧！〉

【TB 13：40】

她剛踏進司令室，就被擋在原地。突然有好幾個人衝進升降機，堵住走道。

「司令官！想請問您地堡內的資材該如何配置……」

「請允許我報告地上戰廢墟都市一帶的戰況。」

「請您允許發射運送資材到月球的貨櫃。」

「F地區3d區的通信區域疑似出現問題。」

看來通訊官們似乎以為只要有「司令官」這個頭銜，處理能力就會大幅提升。

「關於資材配置方式，給我三種考慮到各負責人動線的配置圖。我看過再決定。」

「收到。」

「三百三十秒後再聽妳報告戰況。」

「收到。」

「允許發射貨櫃。」

「謝謝您。」

「叫F地區附近的隊員移動到無線存取點調查原因。」

「收到。」

真是的，這樣就統統搞定了——她如此心想，通訊官們卻沒有離開。看來她們還有事。

「然後呢？」

是——通訊官一同說道。

「司令官！請您收下這個！」

她們同時遞出金色和銀色的小袋子。

「這是什麼？」

「今天是二月十四日。是情人節，送給敬愛之人茶色物體的日子。」

「情人節？舊世界的習俗嗎？」

「是的！聽說送禮的人和收到禮物的人都能得到幸福。茶色物體好像要用金色或銀色的紙包裝。」

她心想「難怪啊」。通訊官們遞出的袋子雖然大小各異，每一個都閃閃發光。原來如此，人類以前似乎會互相贈送這種東西。

她接過袋子，打開其中一個。裡面裝著焦褐色的緞帶。腦中浮現「給我這東西做什麼？」的疑惑，但她還是先行道謝。

舊世界有許多令人無法理解的習俗。人類是他們人造人的造物主，因此試圖「理解」造物主本身就是不知天高地厚的行為，搞不清楚其中含意就模仿，並不值得稱讚。這個叫「情人節」的習俗也不是能正式允許模仿的……

不過，還是別那麼死板吧。通訊官也有不同於在前線作戰的士兵的辛苦之處。

「司令官，那個……方便打擾一下嗎？」

最後來找她的是通訊官6O。她是2B的通訊官。

「什麼事？」

「想請您允許將新裝備實裝到飛行裝置上實驗。」

開發部跟她報告過好幾次新裝備的開發進度。既然要實際裝到飛行裝置上實驗，自然得跟通訊官及隊員商量好。負責這件事的似乎就是6O。

「噢，妳說那個嗎？先行調查任務的。我記得這個任務是交給……」

「是9S。執行先行調查任務的過程中沒出現問題的話，之後就是請空降部隊進行最終實驗。」

聽見6O這句話，她的腦海突然浮現不久前才說過話的2B的面容。

「是嗎，9S啊……是他沒錯。」

全部的責任都在我身上。她再度於心中呢喃至今重複過無數次的話語。

「我允許。」

「謝謝您。」

6O向她行了一禮，離開司令室。她回過頭。正好過了三百三十秒。

「那麼，跟我報告地上戰的戰況。」

〈地上戰？戰況　報告？〉

〈是指　在地上的　戰爭？戰鬥的　狀況　吧？〉

〈原來如此。新裝備　是什麼東西？〉

〈不知道。〉

〈去看看　吧。〉

〈去看看　嘛。〉

【TB 14：00】

通訊官60急忙跑向機庫。萬一跟她錯過就糟糕了。不對，錯過就錯過吧，只要透過通訊系統聯絡即可，其實也沒什麼大不了。

通訊官60的身體從打開到一半的門滑進去。越是著急，門開的速度就越慢。她心想，迅速的行動需要迅速的設備，之後去申請改善這點看看吧。

「21O，妳在嗎？」

通訊官21O從裝上彈射器的飛行裝置後面探出頭。她還在檢查。時機正好，6O立刻進入正題。

「司令官同意實驗新裝備了！」

然而，21O的反應比想像中還冷淡。是忘記實驗內容了嗎？

「是那個新裝備喔？飛行裝置的！」

訝異地皺著眉頭的21O，臉上浮現無奈的表情。

「就這樣？」

「什麼『就這樣』……？」

這次換成6O一臉納悶。21O到底為什麼感到無奈？

「這點小事，用通訊系統告訴我就可以了吧，不必特地到這裡來。」

「是沒錯。」

21O一副6O在浪費時間的態度，6O試圖反駁。

「不過不過！總是靠通訊系統會運動不足的！」

21O挑起一邊的眉毛，像在問「所以又怎麼樣」。

「而且，親自看過裝備做確認是很重要的喔？唉唷，就是那個嘛？對我們來說？準備萬全？呃，那句話是……」

「『任何事都做好萬全準備，是我們通訊官的職責』。」

「沒錯！」

6O大聲回答，21O終於點了下頭。

「確實如此。聽見有新裝備可以用，他八成會亂來一通。因為9S是好奇心旺盛的類型。」

21O聳聳肩膀，語氣跟說出口的話成反比，十分溫柔。提到她負責的9S時，21O一直都是這樣。

6O興奮地回答「我懂我懂」。她們負責的隊員不同，身為通訊官的心情倒是相同的。

「2B隊員也是——她超愛亂來的——」

跟S型容易遵從好奇心「亂來」一樣，B型傾向於奮不顧身地「亂來」。雖然也是因為這樣，她們才能在充滿槍林彈雨的前線無所畏懼地戰鬥。

「害我看得嚇出一身冷汗。」

「我知道基於機種特性，這也是無可奈何。」

「但還是希望他們自重一點。」

「不過講這些也沒用。」

「沒辦法嘛——」

所以——60與210異口同聲地說。

「事前準備很重要的！」

除此之外，通訊官之間的情報交流也很重要。即使是無關緊要的對話，同樣屬於情報。微小的情報累積起來，有時會成為重大決策的提示，或是迴避危險的信號。簡單地說，對通訊官而言，日常的一切都與任務有關。「日常即任務」。

60和210確認完好幾項新裝備的注意事項及變更處後，稍微聊了一下天。當然，210正在做事的手並沒有停下。

「好，讓妳久等了。」

210將檢查完的飛行裝置移回原位，讓出位置給60。彈射器一次只能裝備在一架飛行裝置上，因此檢查也是每個人輪流。

「那我去聯絡9S。」
「嗯，麻煩妳囉！」
6O將2B的飛行裝置固定在空位上，開始檢查。

〈那臺機械　好大　喔？〉
〈那就是　新裝備　嗎？〉
〈接下來　要去哪裡？〉
〈接下來　要去哪裡？〉

【TB14：30】

尋找9S的所在地，對通訊官21O來說是「輕鬆的工作」。
在地上的話，可能會因為衛星影像的解析度或通訊頻寬的關係導致座標錯誤，不過如果他在地堡裡面，絕對不可能搞錯。21O站在門前，心想「9S就在這裡」。
伺服器管理室。地堡內設置大型終端機的房間。9S會在這裡分析敵方的防護罩、解明新型駭客模式。他最喜歡這種精細的工作。
只要沒接獲出擊命令，他會一直、一直、一直……在這裡做事。專注力相當驚人，經常連開門聲都沒聽見。

看吧，我就知道——21O在心中自言自語。9S專注地盯著終端機，沒發現21O進來。雖然他的眼睛被眼罩遮住，可以想像9S肯定帶著閃閃發光的雙眼，埋頭於工作中。

聽說人類在幼年期會忘記時間，沉迷於「玩玩具」這個行為，是否就是9S現在的狀態？

其實在前往機庫前，21O先繞到了這裡一趟。由於9S太過專注，她便沒有特別叫他，那個時候他待在這裡的時間就已經超過三小時。

在21O心想「得叫他休息才行」的瞬間，9S肩膀突然用力抖了一下，彷彿有人從背後大叫，嚇了他一跳。

「什麼嘛，原來是指揮官小姐。」

9S望向21O，聳起來的雙肩放鬆下來。

「『什麼嘛』是什麼意思？我跟你說過那麼多次，不可以都不休息，連續好幾個小時——」

「是是！」

「『是』講一次就夠了。」

「是——」

9S悶悶不樂地回應。

「請你解除與終端機的聯繫，我要說明下一次的作戰。」

「咦——？不能就這樣聽嗎？」

「不可以，小心運動不足。」

竟然得搬出6O不久前才對她講過的臺詞。不過，9S比6O更需要運動。

「起來走一下吧。」

9S心不甘情不願地離開終端機。

「下一次作戰的地點在哪？」

「工廠廢墟。要調查廢墟內及周邊的環境。」

「意思是又要一個人囉，好寂寞喔。」

9S百無聊賴地垂下肩膀，但他立刻抬頭盯著21O。

「指揮官小姐要不要也一起去？」

21O知道他不是認真的。9S應該是真的覺得寂寞，可是不可能因此帶指揮官參加任務。

「不行，這是工作。別跟我撒嬌，要自己一個人達成任務。」

「我知道啦——」

9S鼓起臉頰。只不過，他的語氣聽起來有點沮喪。21O心想「那給你一點『糖果』好了」。

「下一次的作戰，好像會順便實裝新裝備測試喔。」

「真的嗎!?」

9S興奮地問。不出所料，「新」這個詞的效果十分顯著。

「詳情到機庫再說。你一面確認實際的裝備，一面聽我說明。」

「是——！」

就在這時，9S面露驚愕。

「怎麼了嗎？」

對了，剛剛他也有點不對勁。本以為9S是被進入伺服器管理室的21O嚇到，他的眼睛卻往不同的方向看。那個時候，9S是發現其他東西才抬頭的。

「總覺得……有點奇怪。」

「什麼東西奇怪？」

「有種有人在看我的感覺。」

9S環顧室內，但他很快就搖搖頭。

「怎麼可能，一定是錯覺。我太累了嗎？」

「就叫你定期休息……」

「是是！」

「『是』說一次就好！」

跟他解釋完新裝備的功能後，非得逼他休息。累積太多疲勞可能會影響任務。

21O邊想邊催促9S離開伺服器管理室。離開前又掃了一眼室內，當然沒有人在。

〈好險。〉

〈差一點就被找到了。〉

〈是說，『寂寞』是什麼呀？〉

〈不知道耶。〉

〈人造人真是充滿謎團。〉

〈對呀，充滿謎團……好有趣。〉

〈真想多跟他們玩一下。〉

〈對呀，真想……多跟他們玩一下。〉

沒有任何人的氣息的伺服器管理室內，大型終端機的螢幕顯示出四個字。

通訊結束

小小的花

小小的花

NieR:Automata 短話

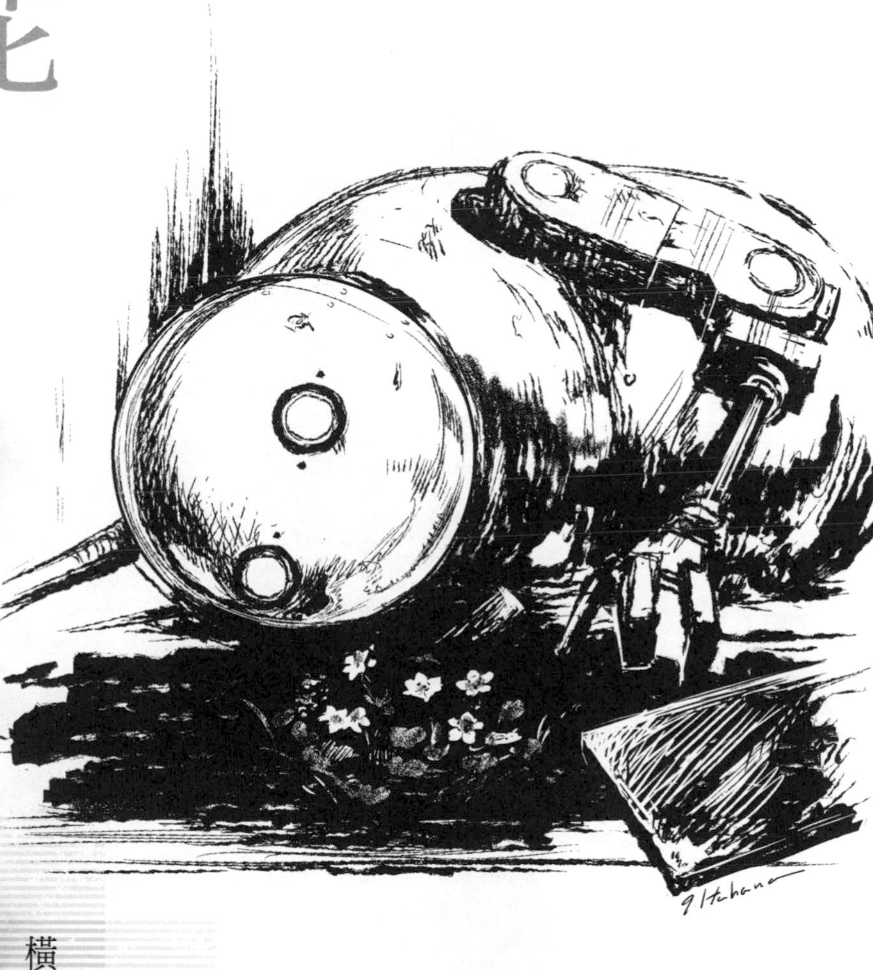

橫尾太郎

首次刊載：尼爾：自動人形攻略設定資料集《第２４３次降下作戰指令書》
二〇一七年四月二十八日

＊

那種顆粒小小的，宛如黑色的沙。

發現地點是某座人類遺跡內。

由於還發現了躲在建築物裡的人造人，我花了五天又二十個小時左右驅逐他們。在處理被用力砸到牆上、變得跟垃圾一樣破爛的敵人時，我於某個小房間找到那個東西。

數個玻璃瓶擺在破舊的架子上。大部分的瓶子都空無一物，或是破掉了。不過，只有一個瓶子保存狀態良好。我慎重地把它拿起來，發現裡面裝著許多小小的顆粒。查詢資料庫裡的資料後，得知那是「植物」的「種子」。可是，更詳細的情報就查不到了。

我觀察了一會兒，決定將那個玻璃瓶帶回去研究。

＊

「我們」機械生物跟人造人的戰鬥持續了數千年。人造人戰鬥能力非常高，就算派出一百臺「我們」，也常常連一架人造人都打不倒。但勝利的會是「我們」。因為「我們」會藉由不停自我修復和增產，靠數量壓制他們。一百臺不夠，就用一千臺。一千臺不夠，就用一萬臺。無限重複下去，增加數量。想要贏得戰爭，最根本的要素是「時間」。永遠抗爭下去，直到勝利。那就是「我們」機械生物從造物主身上學來的最重要的戰鬥要件。

另一方面，「我們」對於戰鬥行為以外的事可以說毫不關心。造物主寫的程式碼禁止「我們」使用會不小心破壞環境的大型破壞兵器，所以地面上充滿大量的動植物，「我們」卻幾乎沒有針對牠們調查過。

地形情報及氣候，因為可以用來制定戰術，「我們」會收集相關情報。至於動植物的情報，「我們」判斷與戰鬥行為之間的關係微乎其微。

不過，真的是這樣嗎？

可能性或許很低，但這些種子會不會也潛藏著殲滅人造人的線索？

試試看吧。

畢竟「我們」擁有無限的時間。

漫長到令人厭倦的時間。

＊

透過網路協議的結果，決定由發現者負責調查「種子」。

也就是「我」。

「我」查了過去的資料，只知道「種子」是「植物」的幼體，卻不清楚怎麼做它才會變化成「植物」。因此「我」必須從駭進人造人的伺服器開始做起。

人造人的伺服器內也沒什麼有用的資料，但「我」在花了好幾天找到的人類文明檔案庫中，發現記載「等到氣溫上升就可以播種」的檔案。這似乎是培育植物的標準流程。「我」搞不懂「氣溫上升」是要上升到哪種程度。既然上面寫著要「播種」，照理說會有個可以種種子的目標物，檔案庫裡卻沒有相關紀錄。敵人為何如此草率？這樣怎麼可能贏得了「我們」……

總之，「我」從過去的氣象情報統計資料中，預測適當的時期。「播種」的目標物則使用數個樣本。其實「我」本來想一口氣嘗試所有的可能性，無奈「種子」數量有限，「我」便將樣本縮小到「沙子」、「水泥」、「土壤」這三種。三種都是有其他植物生長的素材，假如「我」的預測正確，「土壤」的可能性應該是最高的。

七天後，種在「土壤」裡的「種子」發芽了。「我」將「我」的預測正確無誤一事，分享給「我們」知道。

*

播種後過了二十四天，發生一個問題。

氣溫上升，植物高度增加是很好的跡象，卻有好幾隻小蟲黏在葉子底下。經過「我」的觀察，蟲子似乎在吸收植物的養分。

蟲子太小了，「我」抓不下來。潑水也趕不走牠們。我試著用威力低的雷射光攻擊，結果把樣本的葉子轟掉好幾片。這麼小的蟲子怎麼如此棘手……不對，就是因為牠們太小隻才棘手。「我」覺得在任何方面都以重厚長大為目標的「我們」機械生物，缺少這種戰略性的觀點。這或許稱得上是一個學習成果。整理好所有情報後，上傳到伺服器上吧。

＊

播種後過了八十五天。雨天。

結果，植物因為當時的蟲子受到重創。可是植物好像仍在繼續成長，生長所需的水分也很足夠。「我」之前回收的資料上記載著，種植植物適合用中性~弱鹼性的水分，所以「我」現在會用微量的中和劑維持這個狀態。不過這個種植法真的是正確的嗎？「我」沒有自信。外面的巨大植物像蜷曲起來的蛇一樣，緊緊纏住大樓。那些植物到底為什麼會巨大化？是因為環境變化，導致植物產生對酸雨的高耐性嗎？

「我」低頭看著自己種的植物。

看見葉子間有發出白光的物體。

「我」仔細、小心地觀察那個物體。

是小小的花苞。

「我」查詢手邊的資料。

根據人造人的資料，那似乎是叫做「花苞」的部位，之後會變化成「花」。資料裡有好幾十種「花」的照片。紅色的花、粉紅色的花、藍色的花、白色的花……有各式各樣的花，情報卻不足以讓「我」確定眼前的植物是哪一種種類。算了，之後就會知道吧。

「我」再度加入中和劑。

這次加得比較少。

＊

一百零二天後。晴天。

下了好幾天的雨停了，植物開花了。

「我」參考的圖片資料上，都是大朵的花，這種植物卻開了許多直徑只有五公厘的小花。我推測這兩種植物種類可能不同，但也有可能是我培育的方法錯了。

話說回來，最近看著這個植物，就會有種難以言喻的感情。據我推測，似乎是因為植物開花的模樣很像火藥爆炸的瞬間。

仔細一想，「我」已經很久沒有使用武器。對於被做出來用在戰爭上的「我們」機械生物而言，堪稱異常狀況。不過，培育這個植物是「我」重要的任務。無論我實際上有多麼渴望戰鬥，都不能放著這個植物不管。

通訊封包就是在這時傳來的。

內容很短，卻加了兩百道以上的密碼，獨自行動的「我」需要耗費四天才能解鎖。用不著打開資料，「我」就知道內容是什麼。至今以來，加了這麼多層密碼的狀況只有幾次而已。

那是計畫與人造人展開大規模戰鬥的作戰概要書。

*

一百二十四天後。雨天。

重新啟動第二十四次後，一部分的視覺感應器終於復原。「我」檢查了一下身體，有三分之一的關節發生故障，一半的感應器無法運作。「我」似乎倒在地上。

十八天前的大規模戰鬥時，「我」不能離開崗位。不如說，應該是沒空變更對「我」這種實驗個體下達的命令吧。留下來的影片紀錄顯示「我」好像被人造人擊中，導致機能停止運作。

「我」試圖移動，結果只發出「吱嘎吱嘎」的刺耳聲音，站不起來。看來受損得很嚴重。「我」預測光憑現有的修復裝置，需要耗費半個月左右的時間修理，感到不耐。轉動勉強能活動的頭部，看見眼前有個模糊的白色物體。「我」調整攝影機的焦距，是那些小小的花。

植物大部分都被暴風吹毀，只有極少數的個體倖免於難。考慮到周圍被燒得一片焦黑，這些花可以說是非常稀有的個體。

動不了的植物，以及動不了的「我」。

「我」用攝影機記錄了一下植物後，重新開始自我修復。

「我」的工作尚未結束。

持續記錄這個植物的生長過程，是「我」的任務。

*

在那之後，植物依舊開了小小的花。

「我」繼續記錄植物的生長過程。重新啟動後過了二十二天，「我」的身體已經徹底修復，恢復原狀。雖然還剩下戰鬥時不小心與機械生物的網路分離出來的問題，這對於培育植物的任務並不會造成影響。

過去學習到的知識，讓「我」知道怎麼做才能改善植物的活動。適度的水分、溫暖的溫度，還有土壤。無論是下豪雨的時候，還是颳強風的時候，「我」都盡力維護植物生長的環境。

在戰鬥中受損的植物也復原了，開出更多的花。現在「我」看到這些花，再也不會感到不安。

＊

播種後過了兩百八十天。

發現植物的一部分變成褐色。

這個情況目前發生過不只一次，因此我並沒有把它看得太嚴重，褐色部分卻每天都在擴散，最後蔓延到整棵植物。

感應器有反應。「我」抬頭一看，下雪了。

「我」意識到氣溫降低，將調低溫度的加熱器放在植物旁邊，努力維持溫度。

經過數日的觀察，植物仍然維持茶色，沒有變化。不對，正確地說，植物的形狀好像在慢慢崩毀。

「我」久違地拿出參考資料，尋找修復植物的手段。只不過，到處都找不到相關敘述。每種植物都只有記載到開花結果的階段，沒有記錄之後的事。

又過了幾天，氣溫降低。下雪的日子逐漸增加。

「我」用雙手包覆住植物。

不停保護茶色的植物。

「我」的任務尚未結束。

「我」必須修復這棵植物。

「我」會去理解，會去學習。

「我」想必能成功修復植物。

因為，「我」擁有無限的時間。

過於平靜的海洋

過於平靜的海洋

NieR:Automata 短話

映島巡

首次刊載：尼爾：自動人形攻略設定資料集《第２４３次降下作戰指令書》

二〇一七年四月二十八日

【07：30】起床～早餐

意識從深沉的夢境中迅速浮上。

眼皮另一側受到刺激，應該是光線造成的。他覺得很煩，試圖拉起棉被蓋住頭部。這時傳來一聲「10H」，打斷他的行動。

「報告：起床時間到了。」

「好睏。」

「建議：起床。」

「不要……」

「警告：起床。」

「再五分鐘就好。」

身體突然感覺到涼意，被子被掀開了。10H專屬的隨行支援裝置輔助機006，在任何方面都絕不留情。

「啊——好麻煩……」

10H死了心，從床上坐起來。放棄無謂的掙扎，乖乖投降。在輔助機用更不留情的手段逼他起床前。

輔助機俐落地用大小四隻手臂疊好棉被，放到床上的角落，把枕頭放到上面。這個行為無疑是輔助機強烈的意志表現，叫他絕對不准睡回籠覺。10H輕聲嘆息，看著輔助機動作。

白色床單、白色棉被、白色枕頭。對面的牆壁也是白色，地板也是白色，天花板也是白色。清一色都是白色。這間房間裡不是白色的，只有自己跟輔助機。身上的黑衣和輔助機紅色的身體。不對，還有一個，牆上的螢幕顏色也會隨映照出的內容改變。

螢幕傳出「水溫、水壓正常」的語音。這座設施位在水深一萬公尺的超深海層，細微的變化都可能釀成重大事故，所以會隨時監控設施周遭環境。

「報告：吃飯囉。」

輔助機不知道什麼時候推了放早餐的推車過來。這也是白色啊——10H心想。白色盤子、白色杯子。推車也是白色。

「建議：趁熱吃吧。」

10H拿起盤子上的麵包。四角形扁平狀，烤成淡淡的褐色。一咬下去，牙齒便感受到乾燥的口感。他吞不下去，將杯子裡的液體倒進口中。

「疑問：吐司烤得怎麼樣？咖啡會不會太濃？」

「不會……」

輔助機如實重現了人類文明的早餐菜色，10H卻沒什麼特別的感覺。
「這不重要吧。我們不吃東西也活得下去。」
「否定：生活規律才會健康。必須好好睡覺、好好吃飯。早餐是活力的來源。」
活力？什麼東西？噢，是「做事的力氣」。輔助機006經常使用人類文明時代的舊詞彙。
「真麻煩。這樣我還得把多出來的能量排出體外。」
不吃東西就不必排泄。10H覺得這樣比較省事，輔助機卻不這麼認為。它說「吃得飽，拉得好」是讓心靈取得平衡的必要時間。
話雖如此，幾乎所有種類的「食物」都能被他們人造人分解。也就是說，他們沒有排泄的必要。
「啊……」
理應送入口中的吐司掉到盤子上。仔細一看，雙手的手指受傷了。他以為拿不太動杯子是剛睡醒的關係，結果是因為手指機能低下。
「這是什麼時候受的傷？」
「回答：搬運工作的負荷所導致。」
「是嗎……？」
昨天有補充物資。他記得自己確實有幫輔助機搬東西，不過有認真到會對手指造成負擔嗎？

「建議：不要勉強。」

「嗯，我會小心。」

連昨天的事都想不起來，是那個「心靈平衡」造成的影響嗎？10H心想，也許最好聽輔助機的話，乖乖吃飯。

【08：00】定期巡視

清一色都是白色的，不只10H的房間。這座設施的牆壁、地板、天花板，統統統一成白色。

想必是因為將建築資材運送到水深一萬公尺的地方就夠辛苦了，沒那個心力顧及到內部裝潢。只不過，10H是在設施啟用後才派到這裡，因此他並不知道實際到底有多辛苦。這只是他的推測。

特地在無時無刻都得承受一千大氣壓水壓的超深海層建造設施，是因為機械生物不知道這個地方的存在。

用來以防萬一的備用伺服器。裡面是月球人類議會的伺服器和全寄葉部隊的資料。寄葉部隊暫且不提，人類的資料是全世界最重要的事物。

「第二十七號伺服器室，無異狀——」

輔助機斥責急著關門的10H。

「警告：請仔細檢查。」

「因為，我又不懂這東西。」

為了在深海設施這個有限的空間內，儲存龐大的資料，似乎得用上各種技術及手段，這裡的伺服器構造相當複雜詭異。S型也就算了，專門負責修復、調整的H型試圖理解它的構造，只是白費功夫。

而且不懂也沒關係，只要輔助機它們理解就行。第二十七號伺服器室裡面，也有十五臺輔助機006正在忙著工作。

十五臺紅色輔助機。牆壁跟天花板都是白色，導致輔助機變得特別顯眼。不僅顯眼，還讓人覺得很吵。

「提議：今天不是個好日子，要不要改天再變更資料排列順序？」

「不建議：不能擅自亂換資料的順序吧。」

「回答：我只是說說看而已。」

「報告：比起這個，聽說今天的幸運號碼是九號。」

「提議：那要不要倒立著工作？」

「駁回：什麼啦。你認真的？」

「否定：當然是開玩笑的。」

這段對話是怎樣？10H按住太陽穴。未免太沒內容。

「算了。」

自己的腦袋裡也差不多。畢竟他沒事可做，也沒機會用到大腦。10H的工作是幫輔助機維護、檢查，發現故障或其他問題就立即修復。他是為此駐守在這裡的H型。

然而，輔助機鮮少故障。而且只要不是太嚴重的問題，它自己就修得好。因為應急處置也包含在人造人的隨行支援任務中，輔助機也安裝了簡單的修復程式。也就是說，輪不到10H出手。

派到這裡已經過了一段時間，但他早就忘了到底過了多久。他覺得一醒來就要聽見「今天是到此就任的第×日，值勤時間的總時數為×小時」很煩，所以完全沒在聽這方面的情報。

「一個紅燈都沒亮，意思是沒問題囉。」

「瞭解：好吧，就這樣。」

「好——那去下一間吧，下一間。」

他走出伺服器室，爬上樓梯。好幾間伺服器室跟網子一樣連接在一起，因此這裡的道路充滿彎道和斜坡，樓梯也很多。

「啊啊討厭！走路好麻煩！」

「否定：走路也是一種運動。」
「我知道，可是沒必要穿這種鞋子吧……」
鞋底裝了磁鐵，每走一步就會對身體造成負擔。這樣的確可以靠走路運動，不過走起路來實在很不方便。
「建議：不要抱怨，快走！」
「唉……」
「建議：聽見沒？」
「是──」
10H爬上樓梯，看見「on the air」這行亮著的字。是廣播室。人類議會的廣播好像會透過這裡轉發出去。推測是要避免敵人從來源找出月球伺服器的位置，但他並不知道真正原因。
只要提問，輔助機大概會告訴他答案，他卻不會特別想知道，對廣播內容也毫無興趣。不如說，根本無所謂。
「今天是廣播日啊。」
「肯定：離廣播結束，還有九百七十二秒。」
他在心中歡呼「萬歲」。轉播時禁止進入廣播室，可以跳過這間。不對，跳過這間當然不代表有好處。單純只是閒暇時間會增加。

【10：30】自由時間

「好閒喔。」

10H一面移動西洋棋的棋子，一面打了個哈欠。早上的定期巡視結束後，要等到午餐時間才有事做。就算吃完午餐，接下來就換成得等到晚餐時間才有事做。總而言之，10H的一天大部分是由「閒暇時間」組成。

「建議：打哈欠的時候要用手遮住嘴巴。」

「咦——有什麼關係。」

「不建議：不行。這樣很沒氣質。」

輔助機006很囉嗦。他記得其他輔助機明明更事務性一點，話也比較少。這裡除了10H外，沒有其他常駐的人造人，所以輔助機也只有囉嗦又愛講話的006。

本來輔助機通常是三臺一組，這裡的輔助機卻是專用機型，常駐好幾百臺。或許是因為維持這座設施需要這麼多數量。

隨行支援10H的是其中一臺。只不過，每臺輔助機外表都一樣，他分辨不出現在在旁邊的006跟昨晚那臺是不是同一個體。

再說，由於００６的自我只有一個，這樣對輔助機來說好像不構成任何問題。數百臺全都是「００６」自己。10Ｈ無法理解這種感覺。

「啊！暫停。剛剛的不算！」

腦袋在想其他事，導致他漏了本來可以吃掉的棋子。

「駁回：這是第三次了。我剛才不是跟你說過下次不能這樣？」

「就這一次！今天才第三次而已。」

「駁回：昨天你也說過同樣的話。你知不知道你每次都說『就這一次』，結果喊了幾次暫停？」

「呃……十次？」

「否定：十三次。不准賴皮。」

次數太少，不能用「我忘記了」來賴過去。這點情報只要不刪除，記住是理所當然。對於10Ｈ和００６來說都是。

「可是，我的ＡＩ不是下西洋棋專用的耶。重來一次又不會怎樣……」

「駁回：不行！」

輔助機的手臂前端冒出小小的火花。

「知道了！我知道了！反對暴力！」

「瞭解：知道就好。」

輔助機用消去火花的手臂移動騎士。10H拚命控制嘴角，以免笑出來。

「輪到我了對不對？」

「肯定：請下。」

「你的主教，我吃掉了！」

「提議：暫停！剛剛的不算！」

「不行！」

006跟10H一樣，沒有安裝下西洋棋專用的AI。輔助機本來就不適合思考複雜的事，因為執行任務時用不到。

儘管有一定程度的記憶力，不具備西洋棋專用的計算能力的人造人與輔助機，對戰起來會是什麼狀況？答案是用無關的話題分散對手的注意力，害對手失誤，自始至終都是水平很低的比賽。

「總覺得這已經變成其他遊戲了。」

10H用手指戳棋盤上的棋子。棋子底部跟鞋底一樣，裝了磁鐵，所以用手指戳也不會倒下來。金屬製棋盤跟磁鐵棋子這個組合，據說是人類為了在會搖晃的交通工具中也能下棋才發明出來的。像早餐要吃咖啡配吐司一樣，這座設施充滿致敬人類文明的部分。

「說起來，AI一起玩不擅長的遊戲有什麼意義？」

「推測：因為很閒？」

「是這樣沒錯。不過有必要玩沒意義的遊戲打發時間嗎？」

「回答：小人閒居為不善。」

「什麼？」

「回答：這句話的意思是，人無聊就會想做壞事，因此打發時間是必要的。出自人類文明的古文書。」

這句話適用於不是人類的自己嗎？10H非常疑惑，但他也沒有不需要打發時間的根據。

「那繼續下吧。」

「同意：那麼……」

「換我了！」

10H立刻移動自己的棋子，主教當然還是被他吃下了。輔助機手臂前端瞬間冒出火花，大概是咂嘴的意思。

「不過，為什麼會這麼閒啊？」

「回答：閒暇是和平的證明，沒什麼不好吧？」

「是啦——因為機械生物找不到這裡。」

要是水深一萬公尺的海底被敵人攻入就完了，無處可逃。

「為了以防萬一，是不是該配置擅長戰鬥的B型啊？不對，既然要打防衛戰，D型應該更適合？」

雖然是備份檔，這裡保存的都是重要的資料。要死守這些資料，對H型而言有點超出負荷。

「否定：B型與D型無法維護、檢查及修理。」

「那，S型。」

「否定：S型缺乏耐性，無法忍受無意義的時間。」

「啊——我懂。」

就算只有緊急時刻能幫輔助機修理，平常閒得要命，他也不覺得痛苦。在這種意義上，H型的自己確實是最適任的。

「可是，輔助機能戰鬥嗎？我完全稱不上戰力喔？」

「回答：沒問題，有裝備一定的武裝。只是平常不會使用。」

「這樣啊，那我就放心了。」

輔助機有好幾百臺，只要讓它們連10H的份一起戰鬥即可。

「呃，下一步是……」

在他準備移動棋子時，拎起來的城堡從手中滑落。城堡撞到棋盤上的士兵，掉到地上。10H急忙想把棋子撿起來，手指卻不聽使喚。

「手指怪怪的。」

早上就這樣了。雖然乍看之下只是擦傷，搞不好內部也受傷了。

「我去修理一下。」

「不建議：手指好像沒有庫存，必須等待下一次補給。」

「那要等很久耶。」

因為他昨天才幫忙搬運補給物資。真沒想到會因為這樣，需要用到零件。

「沒辦法，我看看能不能靠調整程式修好。」

只要調整握力跟可動區域，或許能減少弄掉東西的次數。

「今天的比賽就到此為止吧。」

10H讓輔助機幫忙收拾棋盤，回到房間。

【11：30】調查（房間）

他潛入自己的腦內，調查手指的控制程式。檢查故障區域，調整神經傳達系演算法。他心想「好久沒有做這種H型做的工作了」。

「這樣應該能撐到下次補給。」

然而，硬體方面的故障並沒有因此修復。他只是調整成「吃飯時不會灑出來」和「能移動西洋棋的棋子」罷了。為此犧牲了其他動作。

例如「手指施力捏碎某物」之類的動作，會無法控制力道。想用手指捏死停在窗戶上的蟲子，可能會把玻璃窗戳出一個洞，操作觸控式面板時也可能把面板戳破。鍵盤也很危險。

不過只要在下次補給前避免操作觸控式面板即可，照理說不會有太大的不便。需要用到觸控式面板的機會很少，就算非得利用，只要叫輔助機幫忙就行。幸好設施內沒有用鍵盤操作的機器，也沒有蟲子。也就是說，對生活造成的影響趨近於零。

「哎，因為沒事情做嘛。」

好險這裡不是一點小問題就會威脅性命的地方。

「好，調整完了。呃，咦？」

奇怪的地方有個奇怪的東西。人造人的大腦跟人類腦部一樣，並不是所有區域都在常時運作，一定會有「平常不會用到的部分」。在腦內留下空白區塊，可以在大腦突然超出負荷時當成緩衝器，以應付緊急情況。

記錄在那個空白區塊的，是一排奇怪的密碼。

「為什麼會有這東西？是誰？」

這種事要嘛是S型，要嘛是跟自己一樣的H型做的，可是設施裡的人造人只有10H。輔助機當然也做得到，但不可能沒留下任何履歷和紀錄。再說，在空白區塊寫入、改寫紀錄的程序非常麻煩。除了本人以外，無法輕易登入。

「是我自己做的……嗎？」

完全沒印象。在完工時順便刪除記憶了嗎？

為了什麼？

「嗯——太閒害我真的失智了？」

10H決定先嘗試解開密碼再說。他心想「如果用上了需要S型那種等級的分析能力才搞得定的演算法就麻煩了」，然而事情並不如他所想，解開密碼只花了不到兩分鐘。

「啊——果然是我弄的。」

他推測以自己的性格來說，不可能設下太複雜的密碼，果真如此。演算法與其說單純，更接近隨便，跟亂寫一通差不多。

「可是，到底為什麼？」

不知道。加密的是設施內的座標資料，而且還是平常禁止進入的區域。

「莫名其妙……」

10H懷著疑惑，前往座標資料所指的場所。

【11：50】調查（艙口室）

座標資料標示的地方是艙口室，連接設施內部與「外面」的唯一通道，因此只有在搬運物資時會使用。

艙口分為兩層，第一區跟第二區，兩邊不會同時開放。這裡位在超深海域，所以用了各種手段防止海水灌入。

「真麻煩……」

第一區的門上了嚴密的鎖。10H好歹是這裡的管理者，自然有權限開鎖。不過麻煩的是，通行碼跟黑盒訊號都需要認證。

麻煩歸麻煩，10H並不打算折返。他覺得事有蹊蹺。

門開了。整個第一區同時被燈光照亮。牆壁、地板、天花板都是白色，有點刺眼。

「疑問：怎麼了？有什麼問題嗎？」

輔助機不知何時過來了。他繞到前面觀察10H的表情，似乎在擔心他。

「沒事，什麼都沒有，只是有點好奇一件事。」

10H直直走向深處的門。第一區很大。

「為什麼這麼大？太浪費空間了吧。」

「回答：從外部進入時為了調整水壓，需要足夠面積。」

「我知道。我只是覺得可惜，畢竟幾乎只有運送物資時才會用到這裡。」

他將手伸向第二區的門，加密的座標資料所指的地點就在前面。

「不建議：停下來。第二區禁止進入。」

10H無視輔助機的警告打開門。跟第一區相同，燈光亮起，一片純白空間映入眼簾。

「什麼都沒有……？」

他還以為這裡會有「什麼東西」。讓他不惜在腦內的空白區塊留下密碼、不知道是寶箱還是炸彈的什麼東西。然而，室內空無一物，地上、牆上、天花板都一樣。

「警告：前面很危險。」

「嗯，我不會連那扇門都打開。」

第二區深處的門上，有個旋轉式的把手。因為這扇門的另一側是「外面」。不調整水壓就打開的話，海水會直接灌進來，釀成大禍。10H不願想像水深一萬公尺的水壓有多可怕，但他知道其破壞力足以瞬間把他跟輔助機壓扁。

他走向座標資料標示的地點。因為他覺得，說不定密碼所指的「什麼東西」不是物體，而是現象。

「警告：趕快回去。」

「我知道。」
為什麼是這個地方？他邊走邊慢慢四處張望。地板、天花板、牆壁全是白色。連接第一區跟第二區的門、和連接第二區跟「外面」的門，也是白色。
「咦？」
他在理應是白色的門上，看見不同的顏色。用來開門的旋轉式把手上有道黑色痕跡。看起來像什麼東西剝落的痕跡，又像是刮痕。
「到底是什麼痕跡……？」
在他想走過去看仔細一點時，突然眼冒金星。疼痛感慢半拍才從後腦杓傳來。被006打了。
10H抱怨著回過頭，立刻瞪大眼睛。槍口對著他，輔助機轉變成了遠距離攻擊模式。
「你幹麼啊！你知道你的手有多硬嗎？」
「等等！等一下！」
輔助機直接射出第一發子彈。本以為自己驚險地閃過了……結果並沒有，上臂傳來劇烈痛楚，鮮紅液體在純白地板上擴散開來。
10H脫下鞋子。之所以沒閃過，是因為鞋底裝著磁鐵。第二發要來了。這次他躍向空中。前一刻10H所在的位置被熱線灼燒。只不過，地板跟牆壁都完全沒有留下痕跡。這時他才知道，這座設施的牆壁及地板都是用耐熱材質做成的。

寬廣的室內無處可躲。只能不停逃竄。他一下踢擊地板或牆壁跳到空中，一下在地上翻滾，大叫道：

「欸！現在是怎樣!?解釋一下啦！」

輔助機沒有回答，也沒有解除攻擊模式。代替回答的是第三發子彈。10H飛奔而出。

輔助機繞到前面擋住他的去路，才剛心想「躲開了」，下一刻背部就被輔助機的手臂擊中。呻吟聲自口中傳出。

10H終於明白，輔助機真的想殺了他。程式出錯了嗎？

得設法破壞輔助機。可是，該怎麼做？H型原本就不適合戰鬥，是有擅長攻擊的B型、擅長防禦的D型在，才能發揮特性的機型，而且目標還是隨行支援裝置。破壞我方是E型的任務，不是H型該做的……

他沒辦法再繼續思考。輔助機輪流以熱線發動遠距離攻擊，以手臂發動近距離攻擊，而且毫不留情。

側腹傳來痛楚，皮膚發出燒焦味，閃避速度下降，不能再逃下去了。可是，又沒有武器給他反擊。先不論擅不擅長戰鬥，他在設施內根本沒有裝備武器。

只能以赤手空拳應戰？怎麼可能！H型的腕力又沒有B型那麼強……腕力？他

剛才做了什麼？調整手指的控制程式，為了讓手不會把西洋棋的棋子弄掉。

10H急忙改往右邊跑。受傷的左腳痛得要命，他卻毫不理會，直線衝向輔助機。

輔助機拿槍口對著他。10H用左手一把抓住槍口，手指用力一掐，槍口伴隨柔軟的觸感被揑爛。他用右手手指彈飛輔助機的本體，蜷起身子準備抵禦衝擊。空中傳來了爆炸聲。

千鈞一髮。多虧「指尖施力，揑爛什麼東西」這個動作的力道現在大得超出常識範圍，他才能徒手把槍口拗彎。完全是靠蠻力取勝。10H深深吁出一口氣，突然感覺到一陣劇痛，身上的傷多到不曉得是哪邊在痛。

沒想到會遇到這麼荒唐的事。到底怎麼了……

思緒再度中斷，通知敵襲的警報突然響起。為什麼？10H陷入混亂。為什麼通知第二區遭到敵人入侵的警報響了？明明這裡只有他跟故障的輔助機。

儘管處於混亂狀態，10H還是明白了一件事。他衝向大門，將連接第一區和第二區的門鎖上。

這座設施內的數百臺輔助機006，共同擁有一個自我。即使剛才攻擊他的是其他個體，跟別臺輔助機的自我也是一樣的。如此一來，來到這裡的輔助機八成都會攻擊10H。那個警報並非誤報。

剛上鎖的門後傳來激烈的碰撞聲，大概是輔助機在用身體撞門。刺耳的聲音令傷口隱隱作痛。10H皺起眉頭，在地上縮成一團。

這樣就不能回到設施內了。剩下那扇門後面是大海，而且還是水深一萬公尺的海底。有兩個選擇。被一千大氣壓的水流壓死，或者被數百臺輔助機的熱線燒死……

「我都不要。」

不過，也不能一直待在這裡。10H壓著燒焦的側腹，走向通往深海的門。輔助機隱瞞著「什麼東西」。而那個「什麼東西」就在這扇門後面。反正註定會死，至少要知道那是什麼。等親眼見證輔助機的祕密後再死……雖然有可能先被海水壓扁。

伸手握住旋轉式把手的瞬間，手指發出令人不快的聲音爆炸。

「為什麼……!?」

10H看了看被高壓電流燒焦的手指，又看了看把手。

「有問題。絕對有問題。」

為什麼門的內側設置了這種機關？若要防止敵人入侵，應該要設置在外側吧。這樣簡直像……

10H再度握住把手。手燒焦了，但他毫不卻步，轉動把手，疼痛及高溫令眼前染上一片鮮紅。10H放聲大喊，他自己都不知道自己在大叫什麼。

把手轉到底了。他終於明白造成那條黑色刮傷的原因。

以前大概有人試圖打開這扇門，手被高壓電流電焦，還是堅持轉動把手。這就是那個痕跡。

這樣鎖就開了。之後只要按下一個按鈕，門就會打開。只要用這隻爛掉的手按下按鈕……自己就會死。

沒時間給他猶豫，通往第一區的門快被撞破了。10H按下按鈕，門立刻開啟。沒有被壓扁的感覺。正好相反，門一打開，強大的力量就將10H推向「外面」，彷彿把他吸到門外。

他聽見一瞬間的風聲，接著立刻回歸靜寂。

10H來不及煞車，撲倒在地上。他痛得皺眉，坐起身子。沙塵揚起，導致他看不清前面。

沙子？咦？怎麼回事？

自己的聲音聽起來含糊不清。連一滴海水都看不見。10H抬起頭，看見黑色的天空，上面點綴著點點繁星。

真的假的……

他懷疑自己看錯了。眼前的天空——黑色空間裡飄著一顆藍色球體。是地球。

意思是——

這裡是，月亮上？

講出這句話的瞬間，暗示解除了。

月球重力只有地球的六分之一，他之所以現在才感覺到，是因為被灌輸了既定觀念。

寄葉型的義體重量約一百五十公斤，藉由強力的人工肌肉操作。八成是調整程式遭到改寫了。

附蓋子的杯子、裝了磁鐵的鞋底和西洋棋，全是為了不讓10H對實際重量跟自己感覺到的重力差距抱持疑惑。

這裡不是一萬公尺深的超深海層。設施周圍沒有海水，有的只是乾燥的沙子及無聲的黑暗。

我到底在做什麼？我到底做了什麼？

他用前所未有的速度思考著。

大得莫名其妙的艙口、結構複雜的設施內部，伺服器室跟廣播室。

「on the air」這行文字突然閃過腦海。

顯示這行字的期間，禁止進入廣播室。

仔細一想，這並不自然。

只是要轉播的話，房間裡有人在也沒差，廣播室卻禁止10H進入。因為這裡不是用來避免訊號來源被查到的轉播站，而是如假包換的放送局。只要想通這一點，剩下的謎團就簡單了。

這裡管理的不是資料備份檔，而是人類議會本身。輔助機守護的「祕密」就是這個。然後，這座純白的設施裡，只有數百臺輔助機和10H……

人類議會早就不存在了。意思是……人類已經滅亡？是這樣嗎？是這樣吧。

雙腿失去力氣。10H當場坐到地上。沙子靜靜揚起。異於傷口疼痛的另一種痛楚，幾乎快要令他崩潰。

他感覺到輔助機的氣息，數百臺006正在逼近。

B型戰鬥能力太高。D型的話，萬一要打防衛戰會很難纏。S型會立刻察覺真相。這就是選擇自己這架H型當管理者的理由。

儘管如此，經過一段漫長的時間，10H還是抵達了真相。雙手被高壓電流燒爛，來到「外面」。立刻被抓回去，消除記憶。所以線索才會只留在其他人難以登入的空白區塊。

輔助機將10H團團包圍。身在這種狀況下，他卻不怎麼害怕。消除記憶，回歸原本的無趣生活。得知人類滅亡的衝擊、悲傷的心情，都會消失得不留一絲痕跡吧。

『是我輸了。投降。我不會再抵抗了。』

他舉起雙手，閉上眼睛，任憑輔助機將自己拘束住。

意識墜入黑暗的前一刻，10H聽見輔助機說：『真可憐。這已經是第四十六次了。』

記憶之棘

NieR:Automata 短話

記憶之棘

映島巡

首次刊載：尼爾：自動人形攻略設定資料集《第２４３次降下作戰指令書》
二〇一七年四月二十八日

近戰用武器劃過虛空，彷彿要斬裂沙塵。四零式戰術刀是分配給在最前線戰鬥的精銳的最新式軍刀。刀刃上的電光炸開，半球狀物體在空中劃出一道拋物線。

失去頭部的機械生物停止行動。數秒後，圓筒型身體倒在沙地上，爆炸。先行化為殘骸的其他兩臺被捲入其中，一同碎成金屬片散落周遭。

爆炸聲與熱風消散後，只剩下沙漠特有的風聲。

沙塵逐漸散去，人形身影浮現。柔和的身體曲線、纖細緊致的腰部、從下襬寬大的裙子底下伸出來的修長雙腿，由此可見，是成人女性的身影。

正確地說，那人不是「成人」，也不是「女性」。她並非人類，也沒有生物學意義上的性別。寄葉型人造人二號B型，通稱2B。屬於戰鬥特化機種。

人類已經離開地球很長一段時間。外星人的侵略逼得人類不得不逃往月球。目前地上已經變成外星人的手下機械生物，和以殲滅他們為任務的人造人的戰場。

2B收起軍刀，對身後的存在說：

「這樣就沒了？」

停留在離地兩公尺左右處的物體回應她的詢問，緩緩下降。是叫做「輔助機」的隨行支援裝置。擁有立方體狀的頭部及大小四隻手臂，主要於空中移動，但也能在水中活動，具備針對敵性個體發動遠距離攻擊、分析狀況、通訊、負傷時的應急處置等支援寄葉型人造人的各種功能。

「肯定：無線存取點半徑五公里內，無敵性反應。」

「是嗎。」

2B輕聲呢喃，走向比自己高了那麼一點的金屬製箱子。無線存取點偽裝成人類文明的遺物「自動販賣機」，是用來與司令部通訊和確認周遭情報的「重要設施」。

不曉得他們是不是知道這一點，無論是廢墟一角，還是沙漠的正中央，機械生物找到無線存取點就會聚集而來，有如群聚在地上的果實旁的蟲子。

因此，寄葉隊員在地面收發郵件、取得周邊的地形情報時，必須先排除無線存取點旁的機械生物。這已經可以說是使用無線存取點的步驟之一。

做完這個固定步驟後，2B終於可以完成原本的目的。她在郵件一覽裡選擇最新的那一封，開啟郵件。在視線掃過送信人及「極祕」兩字，接著轉移到內文時——

「2B！」

名為9S的九號S型，像偷襲似的突然出現。9S雖然是寄葉型，卻跟擁有成年女性外表的2B不同，外型參考人類少年製成。

「司令部傳來的郵件嗎？」

「沒什麼。」

2B簡短地回答，拚命掩飾內心的動搖。

「比起這個，為什麼？」

「咦？2B，什麼為什麼？」

「離任務開始，應該還有一段時間。」

由於輔助機通知她收到了新郵件，2B便比預定時間提早前往無線存取點。雖說跟機械生物交戰花了點時間，她本來計畫在9S抵達前看完郵件。

「呃，因為通訊官小姐說妳在跟機械生物交戰……我想說來支援妳。」

「不需要。」

2B輕輕搖頭，想拋開無法分辨是焦慮還是著急的什麼東西。

「看得出來。」

9S誇張地聳聳肩膀。她知道自己想拋開的東西是什麼了。曾經有過的對話、曾經有過的行動，那些累積起來的記憶醞釀出的事物。

「算了，我們也順利會合了，前往目的地吧。」

有股既視感。

*

「哇！沙子又跑進來了。」

他實在無法喜歡上沙漠。一切都是因為沙。起風的時候會遮蔽視線，很煩，走路的時候會跑進鞋子裡。從斜坡滑下去是有點有趣，但反過來說，斜坡以外的地方就跟腳被絆住一樣，非常難走。9S板著臉觀察旁邊的2B，2B卻連眉毛都不挑一下，持續走著。

「2B不在意嗎？」

「在意什麼？」

「妳的鞋子裡應該也全是沙吧？」

「只會有異物感，不會影響步行。」

「鞋子裡一粒一粒的，不覺得很噁心嗎？就算不會妨礙行動，這是感覺上的問題。」

「寄葉隊員禁止擁有感情。」

「是──」

9S嘴上這麼回答，卻在心中反駁「這句話由妳講出來一點說服力都沒有」。

2B不像她說的一樣那麼會控制感情。至少在他眼中看來。「寄葉隊員禁止以下省略」這句臺詞，大概是對她自己說的。藉由講出這句話自我警惕，很符合一本正經的2B的作風。

9S覺得她大可不必這麼努力，嘴上說的跟心裡想的不一樣也沒關係。再說，禁止擁有感情這條規則，究竟有幾個寄葉隊員乖乖遵守了？

……就算他這麼說，2B應該也不會改變做法。她沒有機靈到可以把場面話跟真心話區分開來。

9S又偷看了2B的側臉一眼。從緊緊抿起的雙脣中，透露出一絲訊息。隱瞞事實也是2B不擅長的事之一。

「奈茲？」

2B疑惑地看過來。應該是想問9S為何一直盯著她看。

「啊。沒有啦……我只是在想這裡都是沙，天氣又熱，這種時候好想泡個澡。」

不對，其實他想說的並不是這個。

「我們不需要洗澡。」

「是啊……」

妳在隱瞞什麼？妳最近怪怪的喔？在擔心什麼嗎？還是說？

問了她八成也不會回答。9S跟2B共同行動了好幾個月，這點小事不會不明白。他誇張地「啊！」了一聲，以代替詢問。

「難道那個就是這次的調查對象？」

沙塵的另一側出現疑似巨大建築物的影子。接近沙漠盡頭了。

「肯定：前方的巨大建築物為本次的調查對象。」

輔助機從旁回答。是9S專屬的輔助機153。2B專屬的輔助機042沒有出聲，停留在2B身後的空中。

「這好像是叫做神殿的宗教設施。正式名稱記得是『石之神殿』吧？有人把神像之類的重要物品搬進這裡，然後就當成神殿使用了。」

沉默來臨。2B半張著嘴僵在那邊。

「2B？怎麼了嗎？」

她的嘴唇動了下，似乎想說些什麼……2B卻像改變心意般閉上嘴巴，然後再度開口。

「不，沒事。」

怎麼可能沒事。她明顯慢了幾秒才回答。然而，2B並不打算將理由告訴9S。即使她現在會親暱地用暱稱叫他「奈茲」，9S依然覺得自己跟2B的距離完全沒有縮短。

「快走吧，2B。」

９Ｓ故意興奮地說，飛奔而出，裝出看見調查對象興奮不已的模樣。

無論他用什麼樣的方式詢問，２Ｂ大概都不會回答。不用問就知道。對９Ｓ來說，這非常難以忍受。

＊

石之神殿蓋在深谷間。周圍被陡峭的懸崖包圍，想進入神殿必須花費相當程度的時間及勞力。

「幹麼蓋在谷底這種地方……莫名其妙。」

好不容易下到谷底，走了一段時間，又得從神殿入口爬上懸崖，十分累人。爬上懸崖後才能抵達神殿內部。想抱怨也很正常。

「推測：過去遺跡附近被『湖泊』或是人工建造的『壕溝』包圍，藉由船或橋通行。」

聽見輔助機１５３的回答，９Ｓ心想「原來如此」。用水圍住四周，是收容重要的人或物的建築物會使用的建築風格。神殿形狀是細長的圓筒型，也是為了在有限的土地內提高容積率吧。

「不過，這我就不能理解了……」

9S抬頭仰望面前的巨樹。這棵樹好像在不久前枯掉了，黑色的樹幹彷彿倚靠著螺旋樓梯，佇立於此。

「在建築物中種這麼大棵的樹，到底有什麼意義？」

圓筒形建築物內部，天花板有個大洞，這座螺旋樓梯從一樓延伸到頂樓的下方不遠處。以前可能是連接到頂樓，但現在樓梯斷了，無法得知過去的形狀。

「2B覺得呢？」

沒有回應。2B沒聽見9S在跟她說話的樣子。她急忙回答「什麼？」大概是終於發現9S正回頭看著她。

「螺旋樓梯啦。」

9S故意問了別的問題。

「呃，沒什麼感想……」

果然沒聽見。假如她有稍微在聽9S說話，應該會告訴9S「這跟你剛才問的問題不一樣」才對。2B之所以沒這麼做，是因為她完全沒聽見。

「去上面看看吧。」

9S沒有對他們倆的對話根本兜不上一事表示什麼，走向螺旋樓梯。2B默默跟在後面。有點奇怪，真不像平時的她。

為什麼？2B明明有任務在身。還是說就是因為有任務在身，她才會怪怪的？

最近2B一直不太對勁，9S推測出個中原因，所以什麼都沒說。他假裝沒發現，一如往常地跟她相處。和不擅長隱瞞的2B相反，這點偽裝對9S來說輕而易舉，否則他就不會嘗試入侵主要伺服器了。而且還不只一次。

不對，自己的事並不重要。反正他馬上就會遭到處分。他知道，也知道負責處分自己的人就是2B。

司令部命令他們執行這次的任務時，他就察覺到了。調查只是藉口，司令部肯定給了2B其他任務。

司令部的命令是抹殺9S……也就是我。對不對？2B。

然而若是如此，2B的行為舉止實在不太對勁。缺乏集中力，一點緊張感都沒有。他不認為2B會用這種輕浮的態度對待「極祕任務」。儘管他是近戰能力劣於B型的S型，遭到襲擊一樣會反擊，也能讓輔助機用射擊支援。

這樣的話，2B行為異常的原因難道跟9S入侵主要伺服器無關，而是有其他理由？

走在前面的2B，身體突然倒向一旁。

「危險！」

9S急忙伸出雙手，撐住差點倒下來的2B。

「妳竟然會踩空，到底怎麼了？」

這座螺旋樓梯每一階的高低差確實很大，又因為經年劣化的關係，到處都是凹陷處和坑洞。話雖如此，運動能力優秀的2B怎麼說都不可能踩空。

「沒事吧？」

「嗯……嗯。」

她的語氣聽起來心不在焉。

「幸好這裡沒有敵人。要是在剛才被機械生物攻擊，可是會沒命的喔？」

「沒命……？」

9S忍不住懷疑自己的眼睛是不是有問題。2B嘴角掛著笑容，嘴唇歪曲成奇怪形狀的詭異笑容。明顯不正常。

「妳到底怎麼了？哪裡故障了嗎？」

「不……沒……事……」

2B上半身晃了一下，似乎無法控制肌力。

「妳在說什麼啊！哪可能沒事！」

為什麼會沒發現這麼嚴重的問題？不對，出擊前檢查時沒有任何異常。2B的維護人員是9S，只要有任何一點問題，他就會申請取消出擊。

「今天先回去吧。」

可是，2B無視9S的提議，繼續朝上方走去。

「2B！」

在他大喊著抓住2B的手時──

「警告：上方出現敵性反應。」

「警告：兩點鐘方向出現多數反應。」

兩臺輔助機同時警告。根據司令部的事前調查，在這裡遇到機械生物的可能性照理說趨近於零。

朝兩點鐘方向看過去，卻看見六臺飛行型。形狀跟9S稱之為「嘍囉」的種類一樣，不過這些個體好像具備發出干擾電波的機能，所以才會一直沒發現，直到他們接近到肉眼可視的距離……

「真糟糕。」

偏偏是在2B狀況不佳的時候襲擊。就算想撤退，這裡可是直達頂層的螺旋樓梯上，會被從上方狙擊。

「奈茲！你到後面去！」

2B的吶喊聲傳來。她衝上螺旋樓梯，彷彿按下了開關。動作俐落無比，跟剛才判若兩人。2B恢復了。

「我負責支援！」

那麼，自己也只要跟平常一樣支援2B。

「輔助機！分析敵人的飛行模式！」

他一邊注意不要擋住2B專屬的042的飛行路線，一邊對153下達指示。不同形狀的機械生物有不同的行動模式。只要能預測出來，就能將我方的損傷降到最低，並給予敵人最大的傷害。

9S讓153用遠距離射擊擊落試圖繞到2B背後的個體。敵人的速度絕對稱不上快。

沒問題——才剛這麼想，兩臺輔助機又發出警告。

「警告：上層通道出現敵性反應。」

「推測：複數步行型。正確形狀、數量不明。」

飛行型的干擾電波，導致輔助機無法掌握敵人的狀況。得想辦法先除掉飛行型。

「2B！妳去吧！飛行型由我處理！」

擅長近戰的B型，比較適合對付步行型。

「瞭解。這裡就交給你了。」

2B跳過樓梯扶手。9S看見她在空中抓住042的手臂，滑翔降落在走道上，動作不帶一絲迷惘。

「輔助機！駭入敵人奪走控制權！」

「瞭解：開始支援。」

９Ｓ衝上樓梯，瞬間跟飛行型拉近距離。幸好這是動作慢的類型，侵入電腦空間的難度並不高。

只要進到內部，機械生物就跟毫無防備沒兩樣。機械生物的物理攻擊模式相當多變，卻還沒學會應對來自內部的攻擊（駭客）。

９Ｓ找到控制組件，覆蓋系統。只要控制住一臺，之後就簡單了。

他操控自己占據的個體，攻擊剩下的五臺飛行型。每臺飛行型都不反擊，大概是沒有「內訌」這個概念。９Ｓ操縱的個體逐漸接近也完全不閃，任憑９Ｓ將他們擊落。

將五臺飛行型全數擊落後，９Ｓ讓自己操縱的個體自爆，從電腦空間離開。他衝上螺旋階梯，趕往２Ｂ與敵人交戰的通道。本想多少提供一些支援，但已經沒那個必要了。

「都解決完了嘛。」

２Ｂ身旁是散落一地的大量金屬片。看起來本來是步行型，樓上說不定還有其他同種個體，因此不能大意，不過附近的敵人好像都清乾淨了。

「有沒有受傷？」

「沒有。」

聽見2B的回應，9S鬆了口氣。就在這時，2B手中的軍刀掉到地上。9S衝到2B旁邊。有股不好的預感。

「2B！」

「沒事。只是……手滑了一下……」

她的聲音參雜奇怪的雜訊。雙手不規律地抖動著，抓向喉嚨。

「邏輯病毒!?」

2B跪到地上，9S立刻拿下2B的眼罩。雙眼發出紅光。不會有錯。被敵人感染了。

「我駭進去除去病毒！」

「等等……不行……」

2B痛苦地搖頭。

「妳在說什麼啊！必須快點除去病毒！」

事態刻不容緩，等到自我資料被汙染就無計可施了。9S讓仍然在搖頭的2B躺到地上，強制駭入。

＊

純白色的駭客空間到處都染上黑色。典型的邏輯病毒汙染。

邏輯病毒會占據記憶區塊和思考迴路，奪走人造人的自我跟義體控制權。放置不管的話，會無差別破壞周圍，連我方都會攻擊。

「得趕快才行……」

幸好9S對這個病毒類型有印象，這種病毒他以前成功除去過。

「可是這傢伙汙染速度很快，而且——」

橘色光線射向9S的自我資料，是病毒的攻擊。

「這東西超煩的。」

不過病毒看起來沒有變異，攻擊模式應該跟以前一樣，表示可以一面閃躲攻擊，一面除去病毒。

實際上，除去病毒並沒有花掉多少時間。之後只要檢查休眠狀態的病毒有沒有潛伏在邏輯迴路中即可。只需要高速檢查的簡單工作。

「咦？奇怪。」

他在檢查邏輯迴路時，發現2B的自我資料到處都是裂痕。本來駭客空間是

「一點痕跡都沒有的純白牆壁」，眼前這些卻是宛如廢墟的「破破爛爛的牆壁」。直到剛才，牆壁都被病毒染成黑色，所以他現在才注意到。

「病毒的後遺症嗎？」

正當９Ｓ判斷必須檢查得更仔細一點，試圖檢索更深的階層時，他聽見強風呼嘯而過的聲音。與此同時，視線範圍內出現大量文字。

『命令妳抹殺９Ｓ。』

是２Ｂ的記憶片段。這行文字大概是郵件內容，聽見風聲是因為地點在沙漠吧。９Ｓ想起２Ｂ在無線存取點接收郵件的模樣。這是不久前發生的事。

９Ｓ停止檢索，瀏覽那個記憶。剛才那行字提到自己的名字。儘管有些內疚，還是看一下比較好。

『……屢次試圖入侵主要伺服器，之前查到了他入侵保存最重要機密的階層的痕跡。』

文字搖晃得非常厲害，也聽不見風聲。看來這個時候，２Ｂ十分動搖。

『因此，命令妳抹殺９Ｓ。』

２Ｂ拒絕除去病毒的原因，是因為不想被他看見這段記憶吧。

「幹麼在意這種事。２Ｂ是司令部派來的刺客，我早就知道了。」

不知道的只有２Ｂ什麼時候會來殺自己。所以，在沙漠的無線存取點跟２Ｂ

會合時，他心想「要動手了啊」。因為2B閱讀郵件的時候，背影散發出一股不尋常的氛圍。更重要的是，9S從背後接近，她卻一直沒有回頭，直到9S開口叫她……

『破壞頭部。』

9S嚇了一跳。閱讀郵件的記憶中，混進了其他時間的片段。低沉、毫無起伏的聲音。但這個聲音實在太像2B，他忍不住繼續看下去。

『這裡是2B。任務完成。』

同樣的聲音。若剛才那句話確實是2B說的，她究竟破壞了誰的頭部？

9S接近不規則散落的記憶碎片。

「這是什麼？」

看似分散開來的記憶碎片，纏繞成不自然的形狀。而且，每個碎片都長出無數的棘刺。從來沒看過這種形狀的記憶資料。

長滿利刺，錯綜複雜，互相纏繞……2B的記憶。

這搞不好是不該看的記憶。搞不好是最好不要知道的記憶。即使如此，他還是無法克制。9S有點怨恨S型好奇心強烈的特性。

他碰觸其中一個碎片，一陣劇痛傳來。

『不過，S型是不可能打贏B型的。』

不是別人，正是9S自己的聲音。這句話存在於2B的記憶中，代表自己曾經對2B說過這句話。可是他完全沒印象。記憶似乎在不知不覺間被刪掉了。

是誰做的？為了什麼？

9S再度瀏覽其他記憶，尋找答案。

『再見，2B。』

這也是他的聲音。2B聽著微弱得如同耳語的平靜聲音，拚命控制情緒。這段記憶完全沒有視覺情報，八成是因為她緊閉著眼睛。

『再見，2B。』

『再見，2B。』

『再見，2B。』

同樣一句話不斷重複。看來在沙漠的無線存取點閱讀司令官的郵件時，2B腦中一直迴盪著這句話。

自己究竟是在何時何地講出這句話的？

記憶切換到另一段。眼前出現在人稱「沙之神殿」的地方執行任務的畫面。是2B初次處刑9S的記憶。手法是將9S的自我資料關在自己的電腦空間中，用自我封鎖演算法建構出的防護罩困住他，再予以消除。

那句話是9S在2B的電腦空間內遭到消除前說的……

「２Ｂ她，以前也，殺過我。」

原來如此——９Ｓ想通了。至今以來感覺到的異樣感，就是因為這個嗎？

他試著存取下一個碎片。又感覺到一陣疼痛，但他絲毫不打算停止。

那次的處刑是在宇宙執行。２Ｂ在降落地面的途中將９Ｓ破壞。另一次處刑又是在沙之神殿。一踏進神殿，２Ｂ就從背後斬殺９Ｓ，大概是記取了上次的教訓。這裡——石之神殿也常被拿來當處刑場。

有的時候是共同行動一段時間再處刑９Ｓ，有的時候是在９Ｓ還不「認識」２Ｂ的狀態下偷襲。

無論被處刑幾次，被刪除幾次記憶，９Ｓ都會下達「司令部在隱瞞什麼」的結論。然後渴望得知真相，試圖入侵主要伺服器。

２Ｂ阻止過他好幾次。如果有機會跟９Ｓ共同行動，她會想方設法、費盡脣舌，讓９Ｓ不會對司令部起疑心。若是在沒機會跟９Ｓ接觸的情況下處刑，她會刪除９Ｓ過去的記憶，避免他懷疑司令部。

可是，２Ｂ的努力全部付諸流水。怎麼做結果都不會改變。無論她跟９Ｓ的關係是親是疏，無論她有沒有叫９Ｓ「奈茲」，最後都會接獲９Ｓ的抹殺命令。

「是這樣啊……」

從他初次見到２Ｂ的那一刻起，心裡就一直有個疙瘩。明明只有他們兩個，卻覺得２Ｂ像在跟其他人說話。當時他得出的結論是，也許２Ｂ曾經跟其他Ｓ型共同行動過。

這個推測答對了一半。２Ｂ曾經共同行動過的不是其他Ｓ型，是９Ｓ。只不過不是「現在的９Ｓ」。

『要是在剛才被機械生物攻擊，可是會沒命的喔？』

自己講完這句話後２Ｂ變得不對勁的原因，他也明白了。以前他在同一個地方講過一模一樣的話。下一刻，２Ｂ就殺了９Ｓ。２Ｂ想起這段記憶，為此所苦。

不只這一次。跟９Ｓ有關的記憶全都在折磨２Ｂ，足以讓她的自我資料布滿裂痕。

『我不會道歉。因為這是任務。我一點罪惡感都沒有。絕對沒有。』

９Ｓ再度環視２Ｂ的自我資料。一片純白，卻又傷痕累累，彷彿隨時都會崩壞……

＊

墜入黑暗中的意識浮上。２Ｂ眨眨眼，９Ｓ的臉近在眼前。只不過，神情看起來有點憂鬱。是錯覺嗎？２Ｂ又眨了下眼，凝視９Ｓ。

「奈茲……？」

對了，她被機械生物攻擊，與之交戰，感染了邏輯病毒。記憶中斷在拚命阻止9S除去病毒的部分。

「我把病毒除去了。」

沒能阻止他。9S強行駭入2B，進到她的記憶區塊。

「那……你都看見了？」

9S默默點頭。

「是嗎……」

她並不驚訝，2B早就想過這一天遲早會來臨。S型很敏銳。至今以來，9S也看穿過好幾次她的極祕任務。

「原來2B不是妳真正的名字。」

可是，現在這個情況倒從來沒有經歷過——2B心想。

「2E。」

9S第一次呼喚她真正的名字。E型二號。追蹤逃兵或叛徒將其處刑，或是在戰場上負責了斷失去行動能力的同伴。專門接下這種骯髒任務的寄葉型人造人。

2B拔出軍刀。9S抖了一下。現在的他知道自己被2B殺過好幾次。

「我不打算殺你了。」

她讓9S握住刀柄，刀尖則朝著自己。

「殺了我。」

任務失敗了。自己是不適任的E型。不符合成本考量的不良品。

「至少，由你親手……」

她不覺得這樣就能贖罪，但如果可以為自己對9S做過的事，償還幾萬分之一的罪孽就好了。因為她能做的，只剩下這些。

2B看見9S用力握住刀柄，微笑著等待死亡。

刀刃劃過空中，刀尖卻不是對著2B。

「奈茲!?」

紅色飛沫從頭上淋下，2B瞪大眼睛。9S割破自己的喉嚨，緩緩倒下。2B抱住他的身體，吶喊著問他「為什麼」，自己的聲音聽起來十分模糊。

「因為，很開心。」

是不是聽錯了？很開心？不可能。怎麼可能。

「跟妳在一起，很開心。以前的我，大概也一樣。」

「奈茲……」

即將說出口的道歉，被9S打斷。

「別道歉。做為替代……」

9S喘著氣，嘴角卻帶著笑容。

「下次殺我時……不要猶豫喔，因為……我們還能再見面。」

只要徹底刪除記憶區塊，重新安裝自我資料，就能再見到9S。即使那不是「現在的9S」。

即使下一次的重逢，伴隨下一次的處刑。

「我……還想……再見到……妳……」

「知道了。」

眼前一片模糊，看不清9S最後帶著什麼樣的表情。

抱在懷中的身體變重了，碰觸2B臉頰的手失去力氣。黑盒訊號逐漸減弱，繼續拖下去，反而是在讓他受苦。

2B讓9S躺在地上，拿軍刀刺進他的胸口。黑盒訊號完全停止。

「我答應你。」

殺你時，不會猶豫。下次也是，下下次也一樣。跟任務無關，是因為那是9S的願望。為了實現「還想再見到妳」這個願望……會殺了你。

2B默默拔出刺進9S胸口的軍刀。

艾米爾的追憶

艾米爾的追憶

NieR:Automata 短話

映島巡

我壓低腳步聲，在昏暗的工廠中移動。不對，不是腳步聲。因為我現在只有一顆頭。前幾天，我在回到住處的途中從岩棚上摔下來，身體摔壞了。

我的頭部比石頭還硬，很堅固，可是身體並不是，一下就會壞掉。如果做得出跟頭部一樣堅固的身體就好了……可惜應該有困難。

而且身體只有堅固還不行，必須具備實用性。以前我追求耐久性，試做了「自衛隊的裝甲車」，結果這麼大一臺卻載不了多少東西。

於是我又換成「小型貨車」這種載貨用車，一天就壞了。只不過是從懸崖掉下去就會壞，這樣還怎麼在這座廢墟都市做生意呢。

是的，我是做生意的，所謂的流動攤販。開始開店的契機是……呃……應該有什麼原因才對，但我忘記了。因為那是很久以前的事。

總而言之，現在我必須重做身體，所以我才會潛入工廠廢墟。這裡能找到許多素材。

新的身體，我打算做成用三個輪子移動，而不是四個輪子。我剛好找到被丟在這裡的三輪貨車殘骸。車身長滿鐵鏽，輪胎也破破爛爛，不過只要用魔法讓它復原就沒問題囉！

我查了很久以前的資料，這種貨車好像在泥濘地跟凹凸不平的道路很好用。也有影片資料，所以我能完美重現出來！

於是，我來找素材了。首先是天然橡膠，因為要處理破爛的輪胎。

只不過，這裡有很多機械生物。畢竟這裡以前可是被叫做「機械山」呢，對機械生物來說，可能是很舒適的地方。我得小心不要不小心撞見他們。

嗯？有天然橡膠的味道！是這邊嗎？嗯，是這邊沒錯。是高級素材的味道！

我興奮地往味道傳來的方向前進。不過——

「哇哇哇哇哇！」

突然一股蒸氣噴過來，害我什麼都看不見。

「嗯？我怎麼在動？」

有東西在搬運我的頭部，難道這就是所謂的「輸送帶」？

「哇——！這是什麼!?」

機械的材料排在一起。排成一條橫線，在運向某個地方。

「得快點逃走……呃，咦咦咦咦咦咦!?」

上面伸出一隻手臂，牢牢固定住我的頭。不僅如此，半球狀的蓋子還從兩側接近。

「不要啊啊啊啊啊啊！」

我聽見喀嚓一聲，眼前變得一片黑暗。

「不要啊啊啊啊！放我出去——！」

不管我怎麼大叫怎麼大鬧，眼前仍然是一片黑。然後，叫到沒力氣的我不小心昏過去了……

「啊!?這裡是!?」

視野突然亮起，眼前是我不認識的女性和男孩子。他們一臉疑惑地問「這是什麼……？」。不過，我也很疑惑啊！

這兩個人是誰？不如說，這裡是哪裡？

「那個——你們是？」

看得出他們是人造人啦……

「太可疑了，還是破壞掉他吧，2B。」

咦咦咦咦咦咦咦!?

「哇哇——！等一下！」

我不可疑啦！你們還比較可疑呢！衣服黑漆漆的！還繫著黑漆漆的眼罩！

「我要破壞你。」

「哇——！不行——！」

我用超高速移動逃離現場。途中好像撞到了什麼，搞不好撞壞了什麼，但我沒空管那些。

……應該安全了吧？

我降低速度，正想回頭。

「怎麼軟軟的？」

似乎撞到了東西。我輕輕彈回去，在地上滾動。

「嗯？好像毛皮的觸感？」

而且，斜上方吹來一陣暖風……

「呃、呃──」

抬頭一看，兩根白牙齒。我以為是風的東西，其實是呼吸……野豬的。也就是說，我撞到的是野豬的側腹。我降低了速度，所以野豬似乎沒有生命危險。可是，被比石頭更硬的我的頭直接撞到，想必非常痛。

意思是，牠會超級生氣……吧？

「對不起──！」

哇──！追過來了！我很怕野豬耶！因為牠總是會追著我跑！被撞到還超痛的！

「別過來──！別靠近我──────！」

怎麼這麼難逃！臉前面都是樹葉！樹枝在耳邊啪嘰啪嘰地響！野豬卻完全沒受到阻礙，拚命追過來！

哇啊啊啊啊！要撞上了要撞上了！要撞上大樹了！

靠緊急轉彎閃過去！很好！這樣就甩掉野豬……牠跟上來了啦！這隻野豬好像會甩尾。偶爾確實會有這種高性能野豬。

現在哪有時間給我悠哉悠哉地想這些……咦？沒有地面!?

「哇啊啊啊啊啊啊啊！」

看來我摔落懸崖了……好痛。痛得要命，感覺像被堅硬的棒子痛揍一頓。雖然我只是撞上那邊的石頭，又被這邊的石頭彈回去而已。

不曉得滾了多久。停下來時，我身在昏暗的谷底，頭還在暈。

唉，好慘。算了，反正成功甩掉野豬了，就這樣吧。

「嗯？這裡有鐵的味道？」

想製造跟頭部一樣堅固的身體，鐵礦是不可或缺的素材！

本來覺得被野豬追來追去，最後還掉到谷底，真的很不幸，看來轉禍為那個什麼東東了。來去採取鐵礦囉！

嗯嗯，找到了找到了！找到品質不錯的鐵礦！愛採多少就採多少！好開心喔！

「嘿咻～！撿起來撿起來再撿起來～♪撿了一堆繼續撿～♪呼～嘿咻！」

我開心地唱著歌，聽見背後傳來金屬與金屬碰撞的鏗鏘鏗鏘聲。沒錯，很像機械走路的聲音……

「不是『很像』！」

是機械生物！而且是一堆！還以為轉禍為幸運了，結果還是不幸……

我一面滾動，一面用魔法把鐵礦吸過來，好不容易爬出谷底。回到住處，再去一次工廠廢墟採取天然橡膠，終於備齊素材了。

趕快開始製作！首先，用天然橡膠做出新輪胎。三個亮晶晶的輪胎。在瓦礫上行駛也不會爆胎的堅固輪胎！

接著得把生鏽的車身弄乾淨。把採取了一堆的鐵礦排在一起，然後——

「艾米爾——光束！」

鐵礦被熱度融化。根據資料，製鐵最適合的溫度是兩千度上下，這樣就能分離雜質和生鐵。雜質當然也不會丟掉。要把它們分成一小堆，冷卻後再利用。大概能拿來做什麼……大概。

好，接下來要比速度！打鐵趁熱！古代的文獻有這麼一句話。

「喝啊——！」

做好囉！我用魔力將生鐵覆蓋在外面，生鏽的車身瞬間變得跟新車一樣！把輪胎接上去就完成了。

然後，為了避免頭部掉下來，要用螺絲固定身體。比起整個接上去，用螺絲固定比較通風舒適。

我不只是把商品堆在貨車上而已，陳列方式我也試著下了一番工夫。這也是資料上寫的。「光憑攤位的陳列方式，就足以影響銷量！」還有，另一個重點好像是「要讓別人遠遠就看得出你在賣什麼！」

於是我裝飾了貨車，插起看得出這是家商店的旗子，裝上擴音器。希望會有很多客人……

對對對，這次整個身體都換了，所以得多加記錄才行！例如耐久性或好不好用之類的。

也就是說，明天起艾米爾商店就要翻新開幕囉！

【第1天】

新身體狀況非常好。在全是瓦礫的坡道上、長滿雜草的廣場上，都能順暢前進！難怪會說它在凹凸不平的路上很好用！

不過資料上說它「轉彎時容易翻倒」，維持平衡需要一點技術呢。我得多加注意。

擴音器有點破音，大概要調整一下。但音量無可挑剔。

希望這樣就能吸引到客人。總之，明天也要努力。

【第2天】

新身體雖然狀況非常好，銷量卻面臨危機。得想辦法拉到客人。明天要更加努力！

【第3天】

今天天氣非常好。我愉悅地在大樓間穿梭。

「建議：利用輔助機射擊，強制令目標停止。」

我才剛心想「誰在說話呀」，就突然聽見槍聲。視野轉了好幾圈，身體感覺到「咚咚咚——！」的衝擊……引擎停止運作了。「強制令目標停止」是這個意思啊……

「好痛痛痛痛。」

我好不容易爬起來，有人正在跑向這邊。看到他們的臉，我嚇了一跳。

「啊，你們是前幾天的！」

沒錯，是那兩位穿黑衣的人造人。第一次見面就忽然對我說「我要破壞你」這種恐怖的話，看來他們跟其他人造人比起來粗暴許多。總覺得會讓我想到那個人耶。好像……好像……咦？我剛才是覺得她像誰呀？

算了。那不重要，做生意做生意。因為他們可是難得的客人。

「我叫艾米爾。如你們所見，我在經營商店。有需要的話，要不要買些什麼？」

這是翻新後的第一批客人。無論如何都要讓他們消費！

「生鏽碎塊怎麼樣？還有，也很推薦生鏽碎塊喔？啊，買生鏽碎塊也很划算，參考一下！」

黑衣女性是2B小姐，男孩是9S先生。他們買了鈦合金。我推薦生鏽碎塊地說。

「謝謝惠顧。歡迎再度光臨！」

希望他們會成為熟客。嗯，得多加宣傳才行，宣傳！

「咦？問我住在哪裡嗎？」

「我沒問。」

宣傳，宣傳。對方沒問也要回答，才是能幹的銷售人員！

「嗯——我住在……非常深的地底。隨時歡迎你們來玩。」

目送2B小姐和9S先生離開後，我也決定今天到此收工。要回去把家裡打掃乾淨，這樣他們才可以過來玩。

【第4天】

今天一大早就在修東西。昨天，我被「輔助機射擊」擊中，翻了過來，身體有點凹陷。

不是多辛苦的工作。這點小事我利用吃早餐前的時間就能搞定。雖然我已經吃過早餐了。

總而言之，從檢查受損的部分開始。嗯——側面的強度可能有問題。在滿地瓦礫的廢墟都市，摔倒根本是家常便飯。最好用備用的素材補強一下。

趕快開始動工吧。按照慣例，把鐵礦排成一排。

「艾米爾——光束！」

去除雜質。對了，為了提高強度，加入鈦合金看看好了。還有記形合金。

「艾米爾——旋風！」

把融化的生鐵和鈦合金、記形合金混合在一起，再用魔力覆蓋到車身上。

「喝啊——！」

嗯，很好很好，感覺不錯。身體修復、補強完畢。好了。吃飯吧。

「嗯？咦？難道，我已經……吃過早餐了？好像吃了，又好像還沒吃。到底吃了沒？」

想不起來耶。看來身體修復過後，會失去一些記憶。

「算了。」

來吃早餐吧。

【第5天】

今天要把店裡的商品統統換掉。我修理了昨天撿到的武器，然後弄得比想像中還帥！所謂的得意之作！

得趕快拿出去賣。客人絕對會喜歡的！

我連忙離開住處。熟悉的廢墟都市的景色，以快轉的方式流逝。現在的我是高速模式，開得超級快。因為，我希望快點有人把它買走嘛。

是不是有點開太快了？我才剛這麼想，就聽見槍聲，視野轉了好幾圈，身體感覺到「咚咚咚——！」的衝擊……嗯，是2B小姐和9S先生。

2B小姐是話不多的人，不過9S先生好像很愛說話。好奇心也很強，會興致勃勃地跟我聊天。

「咦？為什麼要用這種形狀做生意？這個一整晚都講不完耶……」

我覺得還是等他們來我家玩的時候，邊喝茶邊聊比較好。因為真的要講很久。沒錯，原因要追溯到很久很久以前……很久很久……咦？是什麼呀？

不不不，現在不是想這些的時候。做生意，做生意。

「總之，要不要買點東西？今天有超好用的武器喔。例如天使聖翼和三式指虎，還有天使聖翼和三式指虎。」

這兩樣商品我超級推薦，所以我說了兩次。我的努力沒有白費，2B小姐他們兩樣都買下來了。他們好像很高興。太好了太好了。

回家後來檢查身體。多虧我強化了側面，這次沒有凹陷，雖然留下了一些傷痕。

更重要的是，煞車的反應變遲緩了。開太快果然不太好。

【第6天】

我改走跟平常不一樣的路線，到鐵塔附近晃了一下。每天都在做同樣的事，生意會愈來愈差。開拓新客源是很重要的。

鐵塔附近雜草很茂盛，有點難開車。不過，夠格的商人才不會抱怨這點小問題！只要有客人在，哪裡都願意去，這才是專業人士！無論如何都要運送物資，這就是我的使命！沒錯，因為我是……呃，嗯？什麼東西？我好像快要想起什麼了……

「啊！那是！」

有人在走過山谷間的橋。看那身黑衣，肯定是2B小姐和9S先生。

他們過橋走進商業設施遺跡。我就是在那裡遇見他們的，是充滿回憶的場所。雖然是有點恐怖的回憶。

對了，去問問看他們對之前買的武器有什麼感想吧，好不好用之類的。如果我說我還可以幫忙維修，他們會高興嗎？

於是，我也過了橋追在兩人身後……橋一直在吱吱嘎嘎地響。它不會因為承受不住我的重量而斷掉吧？

啊，用魔法不就得了！這種時候就要用魔法！雖然不知道以我現在的形狀飛不飛得起來。

「嘿呀——！」

勉強成功飄到空中了。因為身體很重的關係，只能飄在離地五十公分的高度，但只是要過橋的話，這樣就夠了。

我急忙過橋。商業設施的入口處，地上都是岩石和瓦礫，不方便行駛，因此我決定飄在空中移動。

「好奇怪的花。」

我聽見9S先生的聲音，像盒子一樣飄在他旁邊的東西說「回答」。記得那個叫輔助機對不對？

輔助機說的話，令我睜大眼睛。

「名為『月之淚』的植物。」

月之淚？月之淚，好像在哪聽過。仔細一看，9S先生和2B小姐腳邊開著白色的花。是我看過的花。

「月之淚……」

「哇！你什麼時候來的!?」

9S先生驚訝地回頭。

「這種花，叫做月之淚啊。」

在哪裡？我在哪看過這種花？明明非常想想起來，卻想不起來……

「看著它，會想起許多事。不知道為什麼，我想起自己被巨大野豬攻擊過很多次的事……」

我之所以現在還這麼怕野豬，肯定也是這個原因。不過，被野豬攻擊時，一定會有人在我身邊。我好像在拚命尋找那個人。是我多心嗎？

「還有每次身體壞掉，我都會試著裝上各種部位……」

「真是壯烈的回憶。」

因為相較於頭部的硬度，我的身體並不怎麼堅固。現在也在試用改變型態後的身體。

但那個時候，我好像製造了不同形狀的身體。可是，好奇怪喔，我需要的明明是運送物資用的身體。

「而且……看到這種花，心裡會充滿難以形容的感情。胸口附近緊緊揪起。」

這種感覺是什麼呢？像悲傷，又像寂寞。卻溫暖，又令人難過。好像全部都混在一起，又好像完全不是這樣。

「那個，我有個請求，可以拜託你們嗎？」

或許不該拜託客人這種事。但我實在克制不住，有種非得找到答案的感覺。

這份感情是從哪裡來的？這份感情是對誰產生的？

「所以，麻煩你們。如果你們有看到月之淚，請用這個頻率聯絡我。」

「知道了。」

2B小姐回答得很冷淡，語氣卻很溫柔，有點像「某人」。

【第12天】

我在傾斜大樓附近行駛時，接到9S先生的聯絡。

「喂喂，請問有什麼事嗎？」

我緊張地回答，肯定是來通知我「找到月之淚了」。

『找到月之淚了。地點在……』

位置情報所指的地點在沙漠。我現在在的地方，正好是沙漠入口。怎麼這麼幸運！

「我馬上過去！請兩位不要離開！」

得快點過去！快一分一秒也好！總之快一點就是了！

……嘿！

「久等了!!」

「哇!?」

9S先生嚇得大叫。沒必要這麼驚訝吧。算了，重點是月之淚。我望向2B小姐和9S先生腳邊。

一朵開在沙子上的純白小花，隨風搖曳著。這個顏色。沙子和白色花瓣。啊啊，我有印象。這個顏色是——

「對了，這裡是……」

「想起什麼了嗎？」

「我記得很久以前，我保護過這種花的片段記憶。」

這種花很難種，需要精準測量溫度及溼度，定時澆水……

「不過，沙漠漸漸侵蝕綠地，花也漸漸枯萎。」

明明不想讓它枯萎。明明不能讓它枯萎。可是，沙子與乾燥的空氣毫不留情。

「對了，從那個時候開始，就沒看見人類了。」

「人類？」

沙漠中都是狼，住在沙漠周圍的城鎮也沒人了……我也變得孤獨一人。

咦？奇怪。我變得孤獨一人，好像不是在那個時候啊？可是，為什麼？記憶的片段好像亂七八糟混在一起了。

「謝謝你們幫我找花。如果有在其他地方看到，麻煩再告訴我。」

在其他地方看到這種花，說不定會想起更多事。我會覺得記憶亂七八糟的，也是因為少了許多部分吧。

「我……要在這裡多待一會兒。」

因為，我想再多看一下這朵花。

【第16天】

車輪被瓦礫卡住，害我動彈不得時，我再度接到9S先生的聯絡。

「喂喂，請問有什麼事嗎？」

我隱約猜得到9S先生接下來會說的話，大概是「找到月之涙了」。

『找到月之涙了。地點在……』

果然。被我猜中了。

「我馬上過去！請兩位不要離開！」

沒時間被卡在這裡了。從這個陷落地帶到9S先生所在的遊樂園廢墟，路非常難走。

得快點過去！快一分一秒也好！總之快一點就是了！

……嘿！

「久等了！」

「這次也好快!?」

9S先生嚇了一大跳。沒必要這麼驚訝吧。

算了，重點是月之淚。我望向2B小姐和9S先生腳邊。一朵白花開在生鏽的逃生梯下，差點被瓦礫埋住。

煙火的聲音，夾雜在機器人演奏的音樂聲中。低沉、沉悶的聲音不規律地響起。

「啊啊，原來如此。這裡是……」

砲彈的聲音與熱度，有什麼東西焦掉的臭味。

「以前，外星人襲來時，我在這裡奮戰過，為了保護地球。」

必須打倒外星人，無論如何都得把他們趕出地球。

那就是我新想起來的片段。緊張的戰爭記憶，光是回想起來，就令人喘不過氣。

「你嗎？」

「是的。我想，我一定有什麼想守護的珍視之物。不過，我不知道那是什麼……」

在朦朧地浮現腦海的片段中，沒有那個記憶。明明是不想失去的重要記憶，卻想不起來。

「謝謝你們幫我找花。如果有在其他地方看到，麻煩再告訴我。我……要在這裡多待一會兒。」

我想再多看一下這朵花……可是，又有種不忍心繼續看著它的感覺。

【第19天】

前往工廠廢墟找素材的途中，我接獲9S先生第三次的聯絡。

「喂喂，請問有什麼事嗎？」

這次一定也是要來告訴我找到月之淚了，要來調查9S先生他們的位置情報。

『找到月之——』

「我馬上過去！」

從這裡到9S先生所在的沉沒都市，距離非常遠。我著急起來了。

得快點過去！快一分一秒也好！總之快一點就是了！

……嘿！

「久等了！」

「你……真的很快耶。」

9S先生比起驚訝，更接近傻眼。算了，重點是月之淚。我望向2B小姐和9S先生背後。

岩石縫隙間開著一朵白花。看起來像在緊緊攀住岩石，以免被海風吹走。浪濤聲聽起來顯得特別尖銳。

「啊啊，原來如此。」

這片海岸。沉入水中的建築物，以及海鳥的鳴叫聲。

「這裡發生過什麼事？」

我回答「與外星人的戰鬥」。沒錯，在這裡。這片海岸沿岸，是我負責的區域。

「戰況日漸惡化。我為了在戰鬥中取勝，決定自我增殖。」

因為想要跟以數量取勝的敵人對抗，我們也只能跟著增加數量。

「可是，敵人的數量也愈變愈多……許多同伴都失去了性命。」

我連為同伴哀悼的時間都沒有，再度自我增殖，派上戰場，然後又有一堆人戰死……如此反覆。

「很久以前的事了。」

「是嗎……」

9S點了下頭，忽然歪過頭。

「艾米爾活了多久啊？」

「不清楚。」

好像久到我記不得，又好像沒活多久。不過，正確的時間我並不知道。

「因為那是戰鬥不需要的記憶。」

我——我們該想的，是從外星人手中保護地球。僅此而已。

「謝謝你們幫我找花。如果有在其他地方看到，麻煩再告訴我。我……要在這裡多待一會兒。」

因為我想多看一下這朵努力活著的白色小花。可是，又有種不想再想起更多記憶的感覺。我害怕想起來。

【第23天】

還沒接到9S先生的聯絡，我就開始搜尋他的位置情報。因為，我早就知道等等必須到他那邊去。

……嘿！

「久等了！」

「我還什麼都沒說……」

2B小姐和9S先生出現在眼前的瞬間，我意識到自己一直是用魔法瞬間移動過來。可見「月之淚」對我來說是多重要的花。重要到不管怎樣，我都必須趕過來。

所以，我才會下意識使用魔法。連我自己都沒發現，使用了強大的魔法。

啊，原來是這樣。這強大的魔法原本的持有者是……還有，這種花是……

「艾米爾？你還好嗎？」

9S先生擔心的聲音，令我回過神來。

「我想起來了。我……」

「咦？」

「沒什麼，謝謝你們。託你們的福，我想起重要的地方了。」

「重要的地方？」

「是的。那個地方對『他』來說，非常重要……」

將這種白花，以及將與這種花有關的回憶，像寶物一樣收藏在心中的「他」，一直被我遺忘著。

「做為答謝，我帶你們去那個地方吧。」

我拿出一把舊鑰匙。這把鑰匙我也一直沒想起來，但絕對不會弄丟它。明明不知道是哪裡的鑰匙，還是珍惜地將它留在手邊……

「這是購物中心內的升降機鑰匙。」

現在回想起來，在那個地方遇見２Ｂ小姐和９Ｓ先生，他們幫我找到開在那邊的「月之淚」，或許不是單純的巧合。

「不好意思，請你們先過去。我要在這裡多待一會兒。」

我還在動搖。一次想起太多事，導致我陷入混亂狀態。我需要一點時間靜下心來，整理思緒。

不過，整理思緒沒有花太多時間。說不定，我內心的某處早就做好覺悟了。為了讓我在想起一切時，絕對不會失去冷靜。為了讓我將自己該做的事做好。

購物中心的升降機，動作跟以前一樣。壓縮機開關門的聲音，以及不規則的晃動，統統跟以前一樣。

抵達最下層，門一開，就聽見９Ｓ先生的聲音。看來他們也才剛到。

「好壯觀喔！這麼多月之淚！」

「這個地方到底是？」

他們驚訝地環顧四周。大概萬萬沒想到，購物中心的地下深處，竟然有開滿白花的地方吧。

「謝謝你們願意來。」

2B小姐納悶地問：「艾米爾，這裡是？」

「這裡充滿重要的回憶，是我無論如何都想保護的地方。不對，正確地說，是『過去的我』。」

9S先生歪過頭。

「我聽不懂耶。」

他叫我解釋得更清楚一點，我便開始說明。本以為肯定不會有機會跟任何人說的，「我們的故事」。

「我原本是很久以前製造的兵器。」

「原來……你是兵器啊。」

比外星人攻來地球的時期更早。人類還一點都不稀奇，到處都看得見的時代。我——「過去的我」，是極其平凡的人類小孩，直到被改造成實驗兵器。

「與外星人開戰的時候，我進行自我增殖，以增強兵力。」

「自我增殖？」

「是的。我是複製出來的無數艾米爾的其中之一。」

所以正確地說，進行自我增殖的並不是我，而是「過去的我」，最初的艾米爾。他不惜做出任何犧牲，也想守護這顆地球。因為對他來說，這是比自己更重要的夥伴們生存過的地方。

「增殖後的我……我們，藉由互相幫助，勉強守住了防線。可是，在複製出幾百、幾千個自己的過程中，我們的記憶變得愈來愈模糊。」

我幾乎不記得最初的艾米爾還是人類時的事。連他當時的模樣跟現在不同，都是聽其他艾米爾說的。告訴我那件事的艾米爾，反而不知道這個場所。我們擁有的記憶各不相同。

「這裡是原本的、最初的艾米爾喜歡的地方。」

對他來說，全部的珍視之物都在這裡。他重現其中一名夥伴住的小屋，讓最喜歡的人種過的花盛開，追尋當時的回憶……

「雖然也有許多難過的事、悲傷的事，對原型來說，那場旅途的回憶真的是他的寶物。」

這不是我自己經歷過的事，但我的記憶中也留有他的回憶。儘管只有那麼一點點，彷彿隨時都會消失。

「你說的原型，現在在哪裡？」

「不知道。因為我們的數量變得太多了。」

「這樣啊……」

我們自我增殖了上千上萬次，可是大多數都在戰場上死掉了。為了實現最初的艾米爾的願望——守護這個與夥伴一起生活過的世界。

「謝謝你們。託你們的福，我想起了重要的事物。」

雖然之前會害怕，現在我覺得，幸好有想起來。幸好有取回這段記憶。

「只要有這段回憶，我一個人也能加油。」

就算只有我一個人，我也能繼續我的戰鬥。只要有這段記憶。我是這麼想的。

【第33天】

帶2B小姐和9S先生到購物中心地下的隔天和後天，我沒有出門，窩在住處度過。我有想獨自思考的事。

之後，我跟平常一樣在廢墟都市跑來跑去，等客人來。不過很遺憾，誰都沒有來。2B小姐跟9S先生也沒來。

我還去了購物中心一趟，沒看到他們兩位。

幾天前，沉沒都市好像發生激烈的戰鬥，他們怎麼了嗎？不，應該是我白擔心吧。因為我們才認識沒多久，他們就變得愈來愈強了。

說不定是搬到遠方住了。我還希望他們來我家玩一次呢。

真想至少跟他們說聲再見……

【第54天】

今天久違地看見2B小姐他們。本來想跟他們搭話，但他們正在戰鬥，所以我沒有過去。

數臺小型機械生物，以及兩臺四足步行型。數量挺多的，他們卻完全不把敵人放在眼裡。厲害到我插手幫忙，反而會給他們添麻煩。

我默默離開，過橋移動到對岸。最後，我想再看一次月之淚。

據說任何願望都能實現的傳說之花。我的願望，它也會幫忙實現嗎？

可是，老實說，我覺得那個傳說不太可信。因為那個人努力地照顧月之花，還是沒治好妹妹的病。

收到月之淚髮飾的那個人的願望，果然也……不，那只是我——「過去的我」的推測。

我的願望也不可能實現。我明白。所以，反而可以不必期待。即使知道不會實現，我也想許一個願看看。

「艾米爾。」

2B小姐叫住我，我回過頭。看來他們平安結束戰鬥了。面對那麼多敵人，卻連一點擦傷都沒有。

「兩位變得好強喔。」

我沒有自戀到會覺得是拜我賣的武器所賜。沒有我的武器，他們應該也能不斷打倒敵人。

「已經，不需要我幫忙了呢。」

「什麼意思？」

「沒事。沒什麼。」

幸好在這邊遇見了他們，這樣就能好好道別了。

「請多保重。」

我急忙離開。得快一點才行，要在來不及挽回前阻止他們。

我在那場戰鬥中的任務，是後方支援。載著幫忙在前線戰鬥的艾米爾們補給的物資，不斷奔波。

我的身體之所以是這個尺寸，是為了方便在戰場上隨機應變，形狀則是最適合運送物資的形狀。

我們被賦予最適合各自職責的形狀及尺寸。在最前線迎擊的艾米爾擁有高攻擊力，維持防線的艾米爾擁有堅固的裝甲。

最初的艾米爾，似乎認為「多樣性」才是勝過以數量取勝的敵人的關鍵。就像人類是因為發展出各式各樣的生活形式及文化，才能長久繁榮下去一樣。

每天我都在獨自奔波。每天都在將物資運到如今被稱為沉沒都市的那片海岸。到處分配修復用素材給受傷的同伴，分配補給用素材給魔力耗盡的同伴。

他們的話愈變愈少。我大概是在同伴數量急速減少的時候，發現會互相鼓勵、聯手作戰的他們，不知何時不再說話的吧。

與此同時，我的記憶也逐漸消失。用新零件修補毀損的身體後，記憶似乎也會變得模糊。大概是因為從最初的艾米爾身上繼承來的部分變得愈少，以前的記憶也會隨之減少。

我的身體又小又輕，不像戰鬥用的艾米爾他們那樣，擁有堅固的裝甲。敵人的飛彈如果在附近著彈，一下就會被爆炸的氣流吹走。為了補給而在戰場上跑來跑去的我，總是傷痕累累。每天都必須交換零件或修補，我心中的原型的記憶，也會隨之消失。

只不過，那同時也是救贖。對我而言，他的記憶不知不覺成了沉重的負擔。那些記憶只是最初的艾米爾的記憶，不是我自己的。即使存在我心中，那也是假貨。

每當記憶一段又一段消失，我都會感到有點放心。不久後，我學會為記憶蓋上蓋子。逃避難過、悲傷的記憶。

當時，防線已經崩壞了。因為不管我們再怎麼增殖，敵人都會用更快的速度增加。外星人增產了機械生物，藉此加強兵力。他們派上戰場的，是跟我們一樣，能適應各種環境的機器人。

只不過，外星人並沒有因此獲得壓倒性勝利。許多人造人降落到地球上。他們代替我們，掌握對外星人戰爭的主導權。可是戰況依然沒有好轉，他們似乎也陷入苦戰……

夥伴們分散各處後，繼承自最初的艾米爾的記憶，我大部分都忘光了，開始在廢墟都市開店賣東西給人造人。神奇的是，只有「運送物資」這個任務我沒有忘記。

假如沒遇見2B小姐和9S先生，取回以前的記憶，我現在應該還會在廢墟都市跑來跑去，想不起來自己是什麼人吧……連以前的同伴正在受苦都沒發現。

從很久以前開始，我就聽得見他們的吶喊及哀嘆，卻無法理解那是什麼意思。頂多只會想「沙漠那邊有好奇怪的聲音，不知道是什麼，好可怕喔」。

得快點過去才行。到大家那邊。

我用了剛學會的瞬間移動魔法。看起來搖搖欲墜的大樓群瞬間消失，我移動到了沙漠上。然後，眼前是好幾顆抬頭才看得見全貌的巨大球體，是戰鬥特化型的艾米爾。

我被迫想起將物資運給在最前線戰鬥的他們的日子。大家都很溫柔。明明那麼疲憊，受了那麼多傷，變得破破爛爛，還會對我說「謝謝你」、「辛苦了」，慰勞我。

大家同心協力，拚命奮戰。戰場上的艾米爾們，非常珍惜同伴。跟家人一樣，我有點羨慕。因為我這種後方支援型，很少有機會跟同型的夥伴見面，幾乎都是單獨行動。

不過，正因為是如此為同伴著想的他們，接連失去同伴，才會令他們更加痛苦吧。正因為他們的感情跟家人一樣好，只能對耗盡力氣的同伴見死不救，才會令他們這麼難受吧。

「大家……」

他們好像已經認不得我了。我聽見如同野獸的低吼，是失去理智的艾米爾發出的。聽見「好痛苦好痛苦」的哭聲，還聽見「救救我」的吶喊聲。

「永遠，痛苦……好痛……」

離外星人來襲過了數千年。這段期間，艾米爾們一直在前線戰鬥。在漫長到會讓人失去理智的這段期間——

「為什麼……只有我們……」

次數多到無法估計的自我增殖，代表他們失去了數量多到無法估計的夥伴。

「乾脆……統統，殺掉！」

「不可以！」

「不需要，這種世界！」

「住手！拜託了！」

可是，我的聲音傳不到他們耳中。我自己沒有足以說服他們的話語。因為我知道……無論我怎麼說，他們的痛苦都不會結束。

「大家，住手啊！」

我在大叫的瞬間被震飛。我不可能敵得過攻擊力足以與外星人抗衡的他們。即使如此，還是得阻止他們。

我不停接近他們。每次都被打回去、被彈飛。身體凹陷，輪胎掉了下來……不久後，我側倒在沙漠上，動彈不得。

「艾米爾！」

我聽見2B小姐的聲音。

「沒事吧？」

我看見9S先生擔心地盯著我的臉。一定是他們發現我不太對勁，追過來了。

「艾米爾，那是？」

「我……分身的下場。經過無數次的增殖，以及長年來的戰鬥，導致他們自我崩壞了……」

擁有強大的魔力，失去理智的夥伴。不能放著他們不管。

「我得……做個了斷。」

「好了啦！你在這邊休息！」

他們把我留在原地，接近巨大艾米爾們。我已經沒有力氣挽留他們。周圍的聲音不時會變得微弱，意識快要消失。我茫然地心想，這就是死亡嗎？

聽得見聲音。夥伴們的聲音。

「我們很努力喔。無論颳風下雨，還是在暴風雨的日子。」

聽見「啦啦啦，啦啦啦」的歌聲。

「就算夥伴死了，我們也沒有氣餒，繼續奮戰！」

我被迫想起話愈來愈少的艾米爾們。他們只能閉上嘴巴，因為一開口就會抱怨，詛咒自己的境遇……

「不過，永遠不會結束的戰爭、永遠不會結束的痛苦、永遠不會結束的悲傷，對我們吶喊！吶喊這個世界不值得守護！這樣的世界沒有意義！」

刺耳的笑聲響徹四周。我聽見輔助機在說「警告：魔素的放出量增大」。

「你……你們！懂得這種痛苦！這種悲傷！這種絕望嗎！你們懂嗎啊啊啊啊啊啊啊！」

我知道他們想做什麼。他們打算將強大的魔力一次釋放出來，帶著不斷折磨自己的世界一起上路。

世界？這個世界？這個瘋狂的世界？

聲音突然在耳邊重現。冷淡又粗魯。不過，很溫柔……沒錯，是有點像２Ｂ小姐的那個人的聲音。還聽見愛講大道理，像老爺爺的聲音。還有平靜溫柔的聲音。最初的艾米爾的記憶正在溢出。像寶物一樣珍惜著的記憶，那段旅程的記憶。

「即使如此，這樣還是不對的！」

我大叫道。這段記憶，肯定也沉睡在失去自我的同伴們的內心深處，我想喚醒它。

「無論多麼痛苦，無論多麼悲傷，那些人都沒放棄。他們相信總有一天能度過難關，一路戰鬥過來！就算知道會白費工夫，依然必須繼續奮戰！對不對，凱寧姊！」

我的攻擊力和防禦力雖然都比不上他們，還是不得不做。不能放棄！

「因為，這是那個人想守護的世界！」

我感覺到夥伴們猛然回過神來。

我們擁有的記憶雖然是分散的，雖然大部分都在逐漸消失……那個人的記憶，應該還是會殘留到最後。

我將體內所有的魔力集中起來，為了阻止同伴們自爆，為了抵抗到最後一刻。

好安靜，只聽得見風聲。我似乎還活著。

「我……真沒用，竟然在最後……才想起那麼重要的事。」

明明是虛假的記憶，失去重要之人的悲傷卻鮮明無比。那非常痛苦，所以我選擇逃避。將記憶蓋上蓋子，試圖忘記。因此，連不該忘記的事都忘掉了。

夥伴們的聲音已經聽不見了。看來成功阻止爆炸了。八成是2B小姐他們伸出援手的關係。

「最後……又給2B小姐和9S先生，添了麻煩呢……」

我看見2B小姐默默搖頭。9S先生說「只要修理一下，一定會恢復的」。他們好溫柔。

他們明明也一樣，每天都要面臨艱困的戰鬥，卻完全感覺不出來。為什麼活在激戰中的人，都這麼溫柔呢？對了，那個人也很溫柔……

我感覺到意識逐漸遠去。好幾個回憶，不屬於我的回憶正在消失。

算了，這樣就好。在我如此心想，準備失去意識時——

艾米爾——我聽見有人在叫我。不是2B小姐，也不是9S先生，令人懷念的聲音。我驚訝地抬起頭。該不會，該不會……

在模糊的視野中，有一群人微笑著對我揮手，還有一本飄在空中的書。

見到了……真的見到了。月之淚實現了我的願望。

『歡迎回來，艾米爾。你很努力了喔。』

我起身前往最想見到的人們身邊，一面不停呼喚最喜歡的名字。

奇炫館

尼爾：自動人形 短話

（原名：小説 NieR:Automata ニーアオートマタ 短イ話）

原作／PlayStation4 專用軟體「尼爾：自動人形」
© 2017 SQUARE ENIX CO., LTD. All Rights Reserved.
作者／映島巡
作者・監修／横尾太郎
封面、內文插畫／板鼻利幸
協力／「尼爾：自動人形」開發、宣傳小組
書封、書腰、內封、扉頁、內文設計／井尻幸惠
譯者／Runoka
執行長／陳君平　榮譽發行人／黃鎮隆
協理／洪琇菁　國際版權／黃令歡、高子甯
執行編輯／呂尚燁　美術主編／陳又荻
企劃宣傳／陳品萱
發行／英屬蓋曼群島商家庭傳媒股份有限公司城邦分公司　尖端出版
台北市中山區民生東路二段一四一號十樓
電話：（〇二）二五〇〇－七六〇〇（代表號）
傳真：（〇二）二五〇〇－一九七九
中彰投以北經銷（含宜花東）／楨彥有限公司
電話：（〇二）八九一九－三三六九
傳真：（〇二）八九一四－五五二四
雲嘉經銷／威信圖書有限公司　嘉義公司
電話：（〇五）二三三－三八五二
傳真：（〇五）二三三－三八六三
南部經銷／威信圖書有限公司　高雄公司
電話：（〇七）三七三－〇〇七九
傳真：（〇七）三七三－〇〇八七
香港總經銷／城邦（香港）出版集團有限公司
香港灣仔駱克道193號東超商業中心1樓
電話：（八五二）二五〇八－六二三一
傳真：（八五二）二五七八－九三三七
E-mail：hkcite@biznetvigator.com
馬新經銷／城邦（馬新）出版集團　Cite(M)Sdn.Bhd.
E-mail：Cite@cite.com.my
法律顧問／王子文律師　元禾法律事務所
台北市羅斯福路三段三十七號十五樓
二〇一九年九月一版一刷
二〇二三年九月一版五刷

■中文版■

郵購注意事項：
1. 填妥劃撥單資料：帳號：50003021戶名：英屬蓋曼群島商家庭傳媒（股）公司城邦分公司。2. 通信欄內註明訂購書名與冊數。3. 劃撥金額低於500元，請加附掛號郵資50元。如劃撥日起 10～14日，仍未收到書時，請洽劃撥組。劃撥專線TEL：(03) 312-4212 ・ FAX：(03) 322-4621。E-mail：marketing@spp.com.tw

國家圖書館出版品預行編目資料

尼爾 ： 自動人形 短話 ／ 映島巡著 ；
Runoka 譯. --1版. --臺北市：尖端出版，2019.09
面 ； 公分. --（奇炫館）
譯自：NieR:Automata（ニーアオートマタ）：短イ話
ISBN 978-957-10-8680-4（平裝）

861.57　　108010650